KB135413

새벽하늘에서 박하 냄새가 났다

김수상 poem essay

이 책에 실린 사진은 작가의 감성에 맞는 사진을 찾아 대구, 구미, 경주, 목포, 철원, 부산 등을 다니며 출판사에서 직접 찍은 사진들이다.

이 사진들 속에는 피난기 근대문학의 현장인 부산 남포동과 용두산공원, 40계단, 해운대와 영도 바다, 유치환 시인과 이영도 시인이 거닐었던 광복동이며 이중섭 화가가 쭈그려 앉아 담배 은박지에 그림을 그렸던 골목길도 만난다.

강원도 철원의 통일시계와 천년고도 경주의 풍경과 습지보호지역의 신안바다, 대구에서는 음울하고도 따뜻한 서정시를 쓴 문인수 시인의 모자를 만나기도 한다. 독자의 눈썰미에 따라 김수상 시인의 글과 함께 아우러진 사진 속 이미지를 훑어보는 재미도 쏠쏠하리라.

새벽하늘에서 박하 냄새가 났다

초판인쇄 | 2023년 6월 20일
초판발행 | 2023년 6월 24일

지 은 이 | 김수상
펴 낸 이 | 배재경
디 자 인 | 조민지
등　　록 | 도서출판 작가마을
주　　소 | 제 2002-000012호
부산광역시 중구 대청로 141번길 15-1 대륙빌딩 301호
T. 051)248-4145, 2598　F. 051)248-0723　E. seepoet@hanmail.net

ISBN 979-11-5606-223-3　03810　정가 15,000원

※ 이 도서는 한국출판문화산업진흥원의 '2023년 우수출판콘텐츠 제작 지원'사업 선정작입니다.

새벽하늘에서 박하 냄새가 났다

삶과 詩에 대한

김수상 시인의
365개 감성 단상

작가의 말

잠이 안 오는 새벽에, 한밤중에 쓴 단상斷想들을 10여 년 정도 모으고 버릴 것은 버리니 365개가 남았습니다. 1년은 365일이니 어느 페이지를 열어도 독자분들께 작은 위안이 되었으면 하는 바람인데, 또 실패인 것 같아 두려운 마음이 앞섭니다.

어떤 문장은 이미 시에서 써먹었고 또 다른 문장은 지나간 괴로움이기도 합니다. 기쁜 일과 슬픈 일에도 그렇게 호들갑 떨지 않게 되었습니다.

쓸데없는 곳에 힘을 허비하지 않기로 다짐도 해봅니다.

부족한 글에 귀한 사진까지 보태주시고, 책으로 나올 수 있게 해주신 배재경 발행인께 고맙다는 말씀을 드립니다. 인연생(因緣生), 인연멸(因緣滅)입니다. 솔숲의 좁은 산책길과 밤과 새벽의 막막한 시간들, 아직까지 저를 거두어주고 있는 모든 인연들께도 큰절 올립니다.

김수상

차례

김수상 poem essay

새벽하늘에서 박하 냄새가 났다

껍질은 _ 이성이고
과육은 _ 감성이다

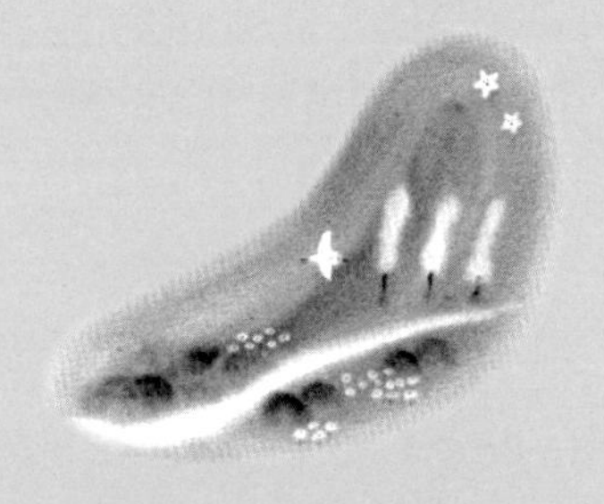

◆◆◆◆

001

'이제야 비로소'란 말은 얼마나 이쁜가. 모든 길 헤매다 당신에게 이르는 길이 눈 앞에 펼쳐진 형국의 말씀이다.

002

때로, 나무들에게 비는 빗이다. 어제 내린 비는 나무들에게 올이 가지런한 참빗이었다.

003

공자의 제자 증석 같은 사람이 좋다. 알토란 같은 사람 말고 좀 어리숙하고 말 더듬는 사람, 흥분하면 〈넘버 3〉의 송강호처럼 말 더듬는 사람이.

004

지지대를 해야만 제대로 열리는 어떤 과일들. 지지대 없이는 홀로 설 수 없는 것들. 지지대가 있어도 제대로 열리지 못하는 것들. 내가 쓴 대부분의 글들은 당신의 문장에 의지해서 겨우겨우 쓴 글들이다. 홀로 사유하지 못하는 정신적 미숙아, 발육부진, 자력갱생하지 못하는 마마보이.

005

대부분의 과일은 껍질이 과육을 보호한다. 껍질은 이성이고 과육은 감성이다. 이성이 보호하기 때문에 감성의 즙은 달다. 그러나 이제는 달라졌다. 이성은 분별하는 마음인데 이성을 내려놓아야 존재의 바탕에 도달할 수 있다. 이성도 감성도 그 바탕이 아니면 드러날 수 없다.

006

지난날의 내 시들은 대체로 짧았다. 억장이 무너져 할 말이 별로 없었기 때문이다. 작은 그릇에 큰 얘기를 담을 수는 없을까.

007

나무는 독각자獨覺者들이다.

008

넘어간다. 사멸하는 해가 안간힘을 다해 황금빛을 뿌려 놓았다. 살아야 한다. 다시 악착같이.

009

무엇은 무엇이다,라고 말하지 않고 무엇을 말해보자.

010

괴로움아, 넌 정말 괴롭게 생겼구나.

011

불안은 육체에 깃들지 않는다. 불안은 영혼의 표정이다. 육체가 아픈 것을 고통이라 하고, 영혼이 아픈 것을 불안이라 하자. 고통은 치유될 수 있지만 불안은 죽음까지 함께 간다. 불안은 영혼을 '장식'한다.

012

공부는 분별하는 것이 아니라 분별심을 지워나가는 것이다. 머묾 없고, 모습 없고, 생각 없는 것을 향해 나아가야 한다. 이것이다 저것이다, 정하는 일이 없는 공부를 해야 한다.

013

어렸을 때, 동전을 껌이 싸인 은박지로 본을 떴다. 써먹을 데가 있어서가 아니라, 그냥 본을 떴다. 언어는 은박지처럼 잘 구겨진다. 공을 좀 들이면 원하는 대로 사물의 본을 뜰 수는 있다. 내 시의 언어는 그런 은박지 정도의 수준도 못 된다. 본을 뜰 때, 약간 섬세하게 사물을 다루는 수준, 딱 그 정도에 내 시가 살았으면 좋겠다. 본뜨기도 제대로 못한다면, 나는 내 시를 은박지처럼 단번에 구겨서 쓰레기통에 처박아야만 한다.

014

자기의 죄를 남에게 전가해서는 안 된다. 희생양, 희생제의犧牲祭儀만큼 천박하고 야만적인 것은 없다. 다만 사랑에 있어서는 예외다. 너의 죄를 나의 영광으로 삼아도 좋다. 사랑에 있어 연민보다 더 본질적인 것이 희생이다. 연민은 희생의 겉껍질이다.

015

청어를 먹은 적 있다. 가시가 많았다. 하늘 한 모서리가 신경다발을 당겨 감기 시작했다. 햇살이 가시처럼 튕겨 나왔다. 늦가을이었다.

016

코끼리 아흔아홉 마리가 하늘로 올라갔다. 남은 한 마리가 귀를 펄럭이며 오르는 중이다. 가벼워져야 한다. 부디.

017

프루스트 당신의 문체는 절제가 있고, 고전적 기품을 지녔다. 장황함을 버리고 나는 당신에게서 침묵을 배우고 싶다. 표현되지 않고 희생당한 것들이 오히려 당신의 문체를 우아하고 아름답게 한다. 나도 그러고 싶다. 그런데 표현할 것이 없으니 희생시킬 것도 없다. 내 문장은 완전 거덜 나서 너덜너덜한 걸레가 다 되어간다.

018

사물은 발기한다. 동백 봉오리를 누군가가 세차게 빨고 있었다.

019

설거지하다 문득, 내 삶은 정말이지 비극이어서 삶을 견디는 방식으로 희극을 빌려오기로 했다. 마치 웃음강사가 시키는 대로 억지로라도 웃다 보면 나도 모르게 웃게 되는 것과 같이.

020

대나무는 반듯하게 자르면 악기가 되지만, 어슷하게 자르면 날카로운 무기가 된다. 같은 사람이지만 어떤 인연을 만나느냐에 따라 악기도 되고 무기도 된다.

021

김연아는 피겨를 펜 삼아 한 치의 오차도 없이 빙판에 아름다운 시를 새겼다. 무언가를 가지고 노는 경지에 이르려면 그 무언가의 결을 나의 것으로 만들어야 한다. 아름답다는 것은 결이 아름답다는 것이다.

022

밑천이 짧은 내가 노자를 읽으며 한 가지 느낀 것이 있다면, 선함의 반대에는 악함이 있는 것이 아니고 '선하지 못함'이 있을 뿐이고, 좋은 것의 반대편에는 싫은 것이 있는 것이 아니라, '좋지 못함'이 있을 뿐이라는 것이다. 선하지 못한 것은 선해질 수 있고, 좋지 못한 것은 언제든지 좋아질 수 있는 것이다. 삶은 허공과 같이 열려 있다. 빈 종이컵을 손바닥으로 막았다가 다시 열어주면 그 공기는 허공의 공기와 한 몸이 된다. 분별없는 허공이다.

023

가벼움은 무거움의 지독한 성질이 아닐까. 가벼움은 무거움이 목숨을 걸고 다다른 피안의 언덕일지도 모른다. 그러니까 가벼움은 무거움의 또 다른 별명이다. 세상의 일들이 육중할수록 우리는 가볍게 살아야 한다. 별들은 측량할 수 없이 무겁지만 반짝이며 떠 있다. 세상을 마감하는 날까지 별이 왜 반짝이는지 나는 알지 못하겠지만, 존재의 가벼움은 영원에 못 박힌 무거움의 한 기법인 것은 안다. 가벼워야 반짝인다.

024

새벽에 막내 놈 오줌 누는 소리. 그걸 받아먹고 비워내는 물 내려가는 소리. 우리가 배설한 오물이 더러운 것이지 변기의 일생은 맑다.

025

아버지 돌아가신 날, 신발이 떡이 되었다. 봉분이 올라갈 무렵부터 봄비가 제대로 내렸고, 황토가 달라붙은 신발도 밑창의 살이 올라 슬픔의 두께를 제대로 이룩했다. 신발이, 슬픔이 나를 질질 끌고 다녔다.

026

슈뢰딩거는 밀폐된 상자 속에 독극물과 함께 있는 고양이의 생존 여부를 이용하여 양자역학의 원리를 설명했다. 나는 그 어마어마한 양자역학에 대해 알 길이 없다. 하지만 우리가 말하는 많은 것들이 사고를 통해서가 아니라, 언어를 통해서 얻어진 것이라는 통찰에 대해서는 깊이 공감한다. 언어는 시공時空을 넘나들며 장난을 걸어오는 우주의 고양이인지도 모른다. 슈뢰딩거의 고양이는 죽었거나 살았거나 둘 중의 하나이다. 언어도 살았거나 죽어있거나 둘 중에 하나이다. 시의 언어는 그래도 산 축에 들어간다.

027

나는 카프카의 문장보다 카프카의 여자에 더 관심이 간다. 카프카는 1914년 펠리체 바우어와 약혼하고 6주 후에 파혼한다. 1917년 펠리체와 두 번째로 약혼하고 또 파혼한다. 펠리체와의 파혼은 자기 구원으로서의 글쓰기, 기도의 형식으로서 문학을 지키기 위해서였다. 1919년에는 율리에 보리체크와 사귀다가 약혼하고, 그 이듬해 또 파혼한다. 율리에의 아버지가 구두공이라는 이유와 율리에가 사창가 출신이라는 소문에 카프카 아버지의 반대가 극심했다.
이 사건은 〈아버지께 드리는 편지〉가 탄생한 계기가 되었다. 1920년에는 체코 출신의 여기자이자 자신의 체코어 번역가인 유부녀 밀레나 예젠스카와 편지를 주고받으며 교우했다. 밀레나가 훨씬 연애에 적극적이었다. 육체적 사랑도 나누었지만 도덕적인 양심에 괴로워했다. 밀레나는 카프카의 문학을 가장 잘 이해한 연인이었다. 1923년 카프카는 여행지에서 만난 마지막 연인인 도라 디아만트와 사귄다. 죽기 1년 전에 만난 수호천사 도라 디아만트의 간호를 받으며, 카프카는 1924년 6월 3일 41세의 나이로 오스트리아의 호프만 요양소에서 죽었다. 그리고 6월 11일, 프라하의 슈트라슈니츠 유대인 묘지에 매장되었다. 카프카는 평생의 친구인 막스 브로트 외에도 만나는 여인들에게 많은 편지를 썼는데, 아마도 이 편지들이 카프카의 실존적 고독을 달래주었을 것으로 보인다. 카프카는 결혼을 '생의 대표자' '실존의 고향' '삶 전체의 성취를 위한 시금석'이라고 생각했다. 평생 결혼을 꿈꿔왔으나, 결혼을 '불가능'에 바친 카프카. 카프카에게 있어 결혼을 향한 열망은 간절한 기도 같은 것이었다. 카프카는 어느 여자를 무덤 속으로 데려갔을까.

028

이제 아무도 그의 목소리와 그의 억양에 귀 기울이고 복종하지 않을 것이다. 왜냐하면 그는 사랑이 아니기 때문이다.

029

사랑이 화폐에 포섭되고 있다. 큰 회사의 콜센터에 전화를 걸면 고객님, 사랑합니다, 이렇게 말을 한다. 내가 왜 그들에게 사랑한다는 소리를 들어야 할까. 사랑이 부담스러운 시대에 우리는 살고 있다. 사랑이 화폐의 품 안에 안기면서 인간의 얼굴은 지워지고 사랑은 기계가 되었다.

030

거의 자정에 맞춰 엉금엉금 기어들어 온 딸아이를 위해 황태해장국을 끓이는 편부偏父의 아침. 무언가 잘 되어가고 있다.

031

악착齷齪, 이란 말을 들으면 나는 이빨부터 떠오른다.

032

사랑은 컴퍼스의 긴 다리. 중심을 꽉 잡으면, 다른 다리로 무슨 짓을 해도 상관없다.

033

"덤비지 말고, 조용히 자신을 견디며, 그렇게 살지 않을 수 없도록 살고, 강아지처럼 얼씬거리며 돌아다니지 말 일이다." 카프카의 말이다. 몰려다니고 술 마시며 남의 이야기를 안줏거리로 삼는 시인들과 멀어지는 일은 잘하는 일이다.

034

나는 언젠가 땅콩에게 경배하며 말했다. "땅콩아, 애썼다. 각방 쓰느라고."

035

– 상아, 꽃피는 봄에 바깥에 나오니 환하다.
– 엄마, 지금 가을이니더. 꽃 옆에 조금만 더 있다가 백숙 끓으면 가이시더.
– 오냐. 7년 만에 밖에 나오니 참 좋다. 참 좋다. (지금은 시월. 엄마, 아버지 삼월에 돌아가셨으니 7개월째. 7년 맞네요. 한 달이 1년이었군요. 엄마.)
– (엄마, 엄마, 울지 마요.)
– 상아, 상아, 이승에서 마지막 나들이 같구나. 이제 집에 가나?
– 아니요. 엄마, 다시 병원이요.
– (그렁그렁 엄마. 나도 그렁그렁.)

036

친구 어머니의 문상을 다녀왔다. 장맛비는 내리다 그치고 다시 내리고, 아내가 없는 나는 옛 친구와 그의 아내들 앞에서 죽음과 노후에 대해 침을 튀기며 연설했다. 집에 돌아와서 개처럼 엎드려 생각하니, 나의 노후는 오래된 하수구의 배관처럼 낡디 낡을 것이 불을 보듯 뻔한데, 괜히 오버한 것이다.

037

옛날, 나는 안개가 “재첩 국물 같다”고 썼다.

038

밤새도록 못 박고 박은 못을 다시 빼는 꿈을 꿨다.

039

우주적 관점에서 본 나의 시공간적 삶은 갠지스강의 모래알에 바람이 잠시 스쳐 지나간 것에 불과한데, 과거와 현재, 그리고 미래라고 부를만한 것이 없다. ‘우주배경복사’라는 것이 있는데, 나의 지금 모습은 내 과거 행적이 ‘지금’ 드러난 것일 뿐이다. 미래도 달라질 게 별로 없다. 오히려 나의 궁핍과 슬픔에 중력과 가속도가 더 붙을 것이다.

040

나이 오십이 되어, 남이 모르는 비밀 하나와 남이 모르는 책 한 권을 가지고 산다는 일은 가슴이 발딱거리는 일이다.

041

일이 없는 사람은 공중을 떠다닌다.

042

호두를 깬 적이 있다. 너무 세게 내려쳐 연한 알까지 망가진 적이 있다. 아이를 나무라는 일이 호두알 깨는 일과 무엇과 다를까.

043

주목받기 위해서 발언하는 사람들의 말은 부메랑이 되어 돌아온다. 주목받기 위해 쓴 문장은 자신을 수혜자로 만들기도 하지만 피해자로 만들 때가 더 많다.

044

사랑이여, 약속이 야속해지는 날이 반드시 온다.

045

나는 과거를 쟁기질하여 현재를 갱신하지 않았다. 눈알을 거꾸로 박고 살고 싶다.

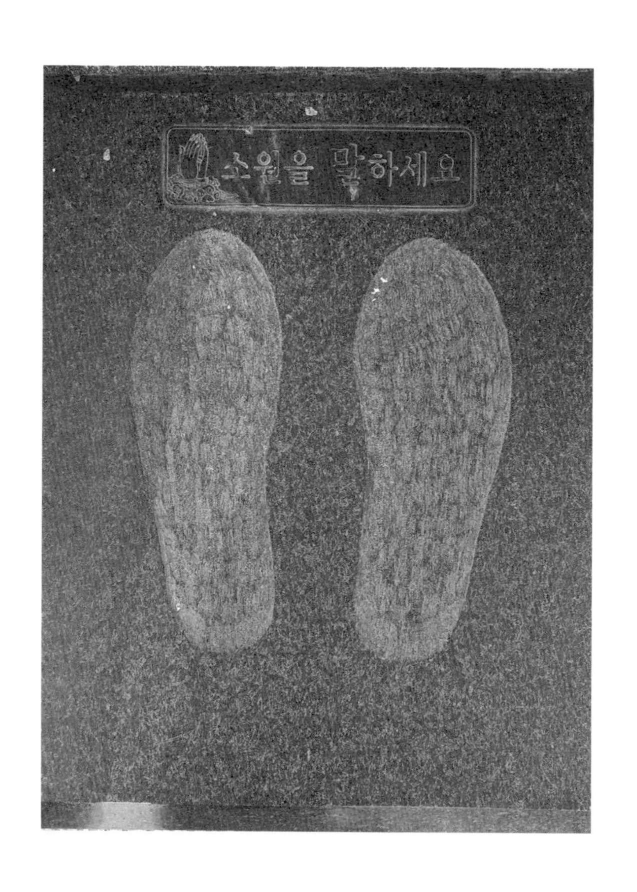
소원을 말하세요

김수상 poem essay

새벽하늘에서 박하 냄새가 났다

'불면'이라는

면 _____ 빨!

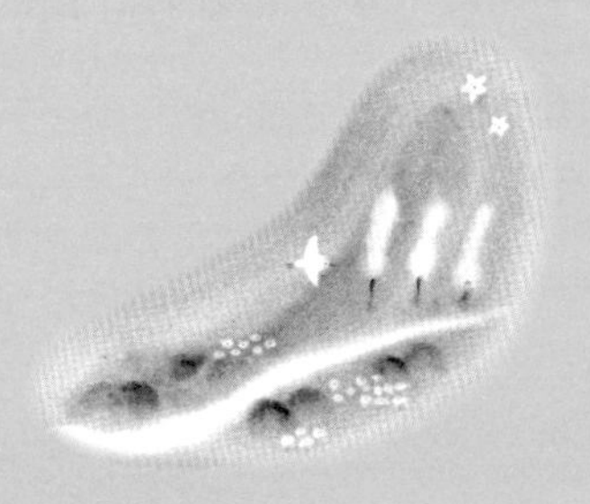

◆◆◆◆

046

누에는 뽕잎을 먹고 뽕잎을 그대로 싸지 않고 비단을 만든다. 뽕잎에서 비단은 얼마나 먼 은유인가. 작가는 누에다. 말의 고치에 갇혀서 마침내 비단을 만드는 운명. 그러나 말을 먹고 말을 싸면 벌레밖에 안 된다.

047

찰나의 한 생각이 무량無量의 긴 겁이니, 아버지 그곳도 따뜻한 봄날인지요.

048

오래 아픈 사람은 아픔을 즐길 수 있을까. 시를 즐긴다는 말이 가능한 말인가. 아, 그럴 수도 있겠다. 고통의 물 위에서 내 시는 잘 논다.

049

꿀벌은 일생에 단 한 번 침을 쏘는데 침을 쏠 때, 내장까지 빠져나와 죽는다고 한다. 시여, 시시한 내 시여. 너는 언제 내장까지 따라 나와 단 한 번 죽고 말 것인가.

050

빼어난 시인들이 시를 다 쓰고 나서 버린 언어들을 끌어다 모아, 언어의 고물상을 차리면 내 시는 대박 날 것 같은 예감이 든다.

051

진흙밭에서 놀던 개는 이제 진흙이 아니면 잘 놀지 못한다.

052

김수영에게 반성을 빼면 남는 게 별로 없다. 자책지심(自責之心), 남을 때리기 전에 병을 깨서 자신의 머리를 먼저 때리는, 자해의 압도적 장면. 김수영의 자세다.

053

어느 책에선가 읽었다. 피자 한 판을 세 사람이 나눠먹으려 한다. 똑같이 나눠먹으려면 누가 피자를 분배해야 하는가. 마지막에 먹기로 한 사람이 해야 분배의 정의가 실현된다고 한다. 마지막에 먹기로 한 사람이 분배하지 않을 경우, 앞사람이 더 많이 먹기 때문이다. 우리는 어찌 보면 마지막 사람들이다. 분배의 정의는 마지막을 맨 앞에 내세우는 것이다.

054

세상의 모든 면발 중에 가장 꼬들꼬들했다.
'불면'이라는 면빨!

라이브
Canon
LOTTE MALL
Nikon

055

모든 애무는 물기가 많은 애도에 속한다고 말할 수 있다.

056

청춘의 어느 때, 대구백화점 뒷골목 술집에서 친구가 자기 애인의 토사물을 두 손으로 공손하게 받아내는 풍경을 본 적이 있다. 시인이 언어를 대하는 태도도 그러해야 한다.

057

아말리아 로드리게스의 〈검은 돛배〉를 듣는 저녁, 배가 살짝 고프다. 나는 내 몸의 소유자가 아닌데 왜 내가 내 몸을 돌봐야 하는가, 하는 생각. 좀 억울하고 손해 본다는 생각.

058

대추는 쪼그라들며 달아진다. 그러니 시여, 더 짧아져도 된다.

059

봄날 저녁 꽃냄새가 진동할 때마다 냄새에도 중력이 있다는 생각. 향기는 제 몸을 질질 끌고 산에서 내려온다. 향기야말로 양자역학의 지배를 받는다. 향기는 입자이며 파동이다.

060

시인은 독신으로 세계와 접속하며 '탐사적인 머리'를 만들어낸다.

061

지경이 쌓이면 경지가 된다. 그런데 내 시는 어쩌다가 이 지경이 되었는지 모르겠다.

062

모든 옛날은 후회다. 후회를 참회로 바꾸지 못하면 오늘은 또 옛날이 될 것이다.

063

"몸과 마음 사이에 신경이 살고 있어요. 마음을 떨어뜨려 놓고 들여다보는 연습을 해야 해요. 여기서 앞산으로 가는 길은 보이지 않지만, 앞산으로 가는 길은 있어요. 아무리 고통스러운 기억도 시간이 지나면 희미해지기 마련이에요. 고통 안에선 고통이 고통일 뿐이죠. 마음 밖에서 마음을 들여다보고 어루만지는 연습을 하셔야 해요."

(성대의학신경정신과 선생님 말씀)

064

반나절을 비를 맞고 걸었는데 아무것도 떠오르지 않았다. '끝장'을 예감했다.

065

잘 쓰지 못할 바엔 궁핍해져 버릴 것. 뺄 것.

066

작곡자는 수학자에 가깝다. 음에 고저가 없다면 한갓 신음인 것을. 삶의 신음을 노래로 바꾸는 것이 예술이다.

067

페소아가 『불안의 책』에서 이렇게 말했다. "꿈을 만질 수 있는 형태로 바꾸지 못할 바엔 '출간'이라는 '비루한 갈망'은 책을 모독하는 것이다." 페소아는 죽고 나서 유고가 발견되었고 비로소 세상에 알려졌다. 페소아는 글과 행동이 일치한 시인이다. 시집을 많이 낸 시인이 별로 부럽지 않게 되었다.

068

죽음 앞에서 슬퍼하는 것은 살아남은 자의 태도이다. 그러나 죽어가는 사람은 침묵의 기도와 마지막으로 잡아주는 살아있는 사람의 손의 온기가 그리울지도 모른다. 너무 격한 슬픔은 죽음에 해롭다. 가장 좋은 죽음은 왕생이 아니라 소멸이기 때문이다.

069

어린아이가 달리다가 넘어져 무르팍이 깨지면, 상처 난 옆의 살을 꼬집는다. 아픔을 잊으려고 새 아픔을 만드는 것이다. 상처를 잊으려고 새 상처를 만드는 것이다. 사는 일이 그것과 똑같다.

070

애이불상哀而不傷의 자리, 종일을 울어도 눈물 한 방울 안 나는 자리, 그 자리가 시의 자리다.

071

인생은 마음이라는 바탕 위에서 누군가가 나를 상영하는 것이다. 세계는 마음의 바탕 위에 드러난 사건일 뿐이다.

072

머리에 콘크리트를 타설한 것이 대가리가 아닐까. 요즘 머리가 대가리가 되어가는 중이다.

073

명품은 낡으면 빈티지가 되지만, 짝퉁은 낡으면 빈티가 난다. 지식의 자기 내면화가 필요하다. 그래야 지혜가 된다.

074

살 때 살아지는 것처럼 죽을 때도 죽어졌으면 좋겠다.

075

노을, 저녁의 머리채를 질질 끌고 간 흔적이라고 썼다.

076

아그네스 발차의 〈기차는 8시에 떠나네〉를 들으며 거추장스러운 살림들을 발로 차서 윗목으로 밀쳐두었다.

077

김민기의 〈아름다운 사람〉의 가사를 읽으며 노래를 듣는다. 묵직한 슬픔이 돋는다. “어두운 비 내려오면/처마 밑에 한 아이 울고 서 있네/그 맑은 두 눈에 빗물 고이면/아름다운 그이는 사람이어라.”

078

목적을 가지고 시를 쓰면 대부분 망한다. 시는 언어 자체가 가지고 있는 내적 원인이 어떤 인연因緣을 만나내느냐에 따라 질적 수준이 결정된다. 삼라만상에 작용하는 연기법緣起法이 언어에도 작용하는 것이다. 인因과 연緣의 결합의 과정을 언어도 겪어내며 시가 탄생하는 것이다. 우유라는 '인'이 어떠한 조건, 어떤 '연'을 만나느냐에 따라 치즈가 되기도 하고 요구르트가 되기도 하고 버터가 되기도 하듯이, 물질세계의 다양한 생성과 변화는 다 인과 연에서 비롯되는 것이다. 예술의 역사성과 당파성도 연기緣起의 작용 후에나 오는 나중의 일이다. 시는 오직 언어의 연기법에 의해 우연히 직조되는 생(성)물일 뿐이다.

079

오월의 덩굴장미는 담장 너머로 제발 날 좀 봐주라, 응? 하며 고개를 내민다. 때로는 삶에서 적극적 구애도 필요하다.

080

한컴오피스 한글의 함초롱바탕체는 참 예쁘다. 몇 자 쓰고 나면 또 쓰고 싶다. 이젠 종이에 시를 쓰지 못한다.

081

사랑은 처음에 별 걸 다 기억하다가 망각의 별로 사라진다.

희 망 은 _ 희망이
전혀 없는 _ 사람을
통 해 서 _ 생긴다.

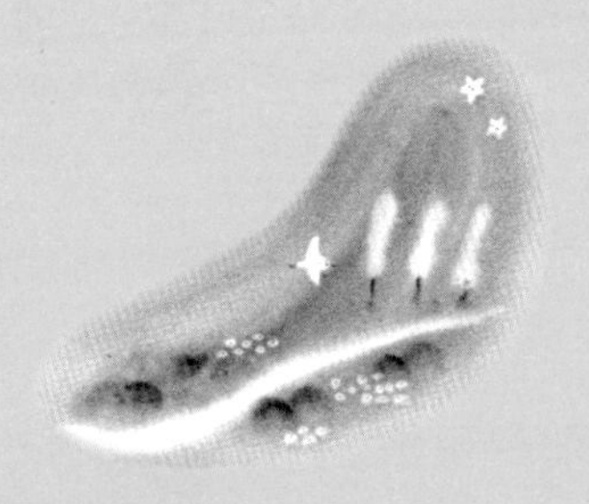

◆◆◆◆

082

오월의 장미처럼, 우리는 금년에 죽었다가 내년에 왜 다시 깨어날 수 없나.

083

자원은 유한하고 욕망은 무한하다. 경제학의 대전제다. 경제적인 시란 무엇인가. 자음과 모음은 유한하지만 언어의 조합은 무한하다. 시는 언어를 비틀고 조합하는 자리에서 탄생한다. 언어를 비튼다는 것은 인식을 비트는 일이다. 인식을 비틀지 않고서 새로운 삶은 얻어지지 않는다. 시에 이르는 길은 새로운 삶에 이르는 길이다. 언어를 날것으로 포획하려는 시인의 이기심이야말로 시의 동력이다. 시인은 언어에 대해 이기적 유전자를 지닌 사람들이다.

084

비야, 너는 어디서 구름의 사슬 풀고 헤엄치며 여기까지 왔니.

085

저녁에 운동장을 도는데, 운동장이 거대한 수영장 같았다. 아까시 꽃향기를 가득 채운 수영장. 달콤하고 향긋한 향이 입과 코로 흘러들어왔다. 나는 수영하는 포즈로 운동장을 미친 듯이 마구 돌다가 왔다.

086

기도드립니다. 환상이 이성을 마비시킬 수 있게 도와주소서.

087

하나의 말을 드러낸다는 것은 수천억만 개의 말을 희생시키는 것이다. 개진이 곧 살해다.

088

옛날, 조부님을 따라 서커스단의 공중그네 타기를 본 적 있다. 남자가 높은 곳의 줄에 매달려 여자를 던지면 여자가 손을 놓고 회전을 한다. 여자가 손을 놓은 것은 남자가 자기의 손을 다시 잡아준다는 믿음이 있기 때문이다. 시의 언어도 마찬가지다. 던져진 언어를 뒤에 다가올 언어가 잡아줄 믿음이 있어야 한다. 나의 시는 지금 공중에 버려진 여자다. 생사生死의 경계에 버려진 서커스 곡마단의 그네 타는 여자.

089

효암학원 채현국 할배는 잘 늙었다. 생전에 그는 이렇게 말했다. “늙으면 지혜로워지는 것이 아니라, 지혜로웠던 사람이 늙는 것뿐입니다.”

090

희망은 희망이 전혀 없는 사람을 통해서 생긴다.

091

대부분의 어류는 교미를 하지 않고 생식 세포를 그냥 물 속에 방출한단다. 그리고 어류는 자식을 돌보는 데에 암컷보다 수컷이 자식을 돌보는 데 더 많은 노력을 쏟는다고 한다. 정자가 난자보다 가벼워 확산되기 쉽다는 것만으로 수컷이 취약하다. 확산 문제 때문에라도 수컷은 우선 암컷이 난자를 방출하기를 기다렸다가 정자를 뿌리는 수밖에 없었을 것이다. 그사이에 암컷은 사라지고 수컷은 자식 돌보기의 딜레마에 빠져버리는 것이다. 내 생이 수컷 물고기와 비슷했다.

092

자기가 겸손하다고 의식하면서 겸손해하는 놈은 진짜로 재수 없다. 걸레가 하얀 아마포라고 우기는 것과 같다.

093

대상에 대한 몰입이 깊어지면 자아를 의식하지 못한다. 그러나 내 시는 몰입하면 늘 몰락한다. 늘 돈을 좇았지만 나중에 보니 돈이 나를 쫓아낸 것과 마찬가지로.

094

미친바람이 버드나무 가지를 꺾지 못하고 이빨은 빠져도 혀는 오래간다고 한다. 오래 사랑하려면 부드러워지는 길밖에 없다.

김준태
이 세상 천지天地에
나 아닌 것이 하나도 없고
그대, 오 너 아닌 것 또한
하나도 없어라!!
詩 그리고 詩人
—예레미야 Jeremiah에게
김준태(1948)
죽은 사람의 콧구멍에
죽은 나라의 콧구멍에
입술을 대고 온몸으로
숨결을 불어넣어준다!
*예레미야 Jeremiah : 바이블 구약·신약에
나오는 선지자이며 예언자. '눈물의 선지자'
'하느님의 입술'로서 활동한다고 전해온다.
나는 너다 그리고
너는 나다(Metaphor)
2022.7.23
남북삼천리
南北三千里
김준태(1948)
칼도 흙으로 품어주자
꽃나무가 되어 자란다
칼을 흐르는 강물에 넣자
물고기가 되어 흘러간다!
2022.봄날.합장合掌!!

095

설명이 저급하면 변명이 된다. 시의 저급한 설명은 청문회 앞에 선 고위 관료의 싸구려 변명 같다. 변명을 걷어내지 않으면 시는 끝장이다.

096

여론, 눈 밝고 귀 밝은 개가 최초로 도둑을 발견하고 짖으니 온 동네 개들이 따라 짖는 것. 그러나 최초로 발견한 개가 잘못 본 것일 수도 있다.

097

바라지는 바라지 않고 바라지해야 한다. 그래서 앞바라지는 없고 뒷바라지가 있다.

098

'젠장'은 아마도 '전장戰場'에서 대패한 장수가 군사들을 물리면서 자기도 모르게 내뱉은 말이 아닐까. 젠장, 벌써 꽃 진다.

099

지금 사는 게 내가 사는 전부이다. 상전上典의 빨래를 밟느라고 종의 발뒤축이 하얗게 된 하루였다.

100

좋은 자세를 오래 유지하면 좋은 태도가 생긴다. 시에서도 결국은 자세가 문제다.

101

아름다움. 내가 더럽고 나쁜 지분을 무조건 51% 이상 소유하는 것. 이성복 선생님의 말씀. 선생님으로부터 나는 시의 자세를 배웠다. 시도 삶도 자세가 거의 전부라는 생각.

102

어느 참한 저녁, 벼르고 벼르던 시에 달려들었더니 시가 송곳니로 나를 콱, 물어버렸다.

103

달리기를 열심히 하시는 김삼태 한의사님의 말씀이다. "달리기 훈련하는 시간의 대부분은 힘 빼는 능력 키우기다. 힘 빼기는 에너지 쓰지 않기다." 내가 요즘 열심히 하는 요가도 마찬가지. 힘을 빼야 멀리 닿는다. 달리기와 요가를 시로 바꾸어도 딱 들어맞는다.

104

좋은 시는 진실과 선함의 뜨거움이 있어야 한다. 거기에다 '장난끼' 같은 브로치가 달려있으면 금상첨화다.

105

이성복 선생님의 말씀을 공식으로 만들어보았다.
“아름답게 하는 게 아름다움, 거룩하게 하는 게 거룩함, 진실하게 하는 게 진실한 거예요.”
a+doing=A

106

이빨이 무디어질 때까지 입안에서 오래 우물거릴 두 글자, 나만 알고 있는 두 글자, 손이 닿지 않는 선반 위의 사탕처럼 나중에 키가 클 때까지 오래 바라만 보고 있을 두 글자, 까치발로도 닿지 못할 두 글자. 누구나 두 글자 정도는 마음에 품고 산다.

107

"가장 악질적인 악惡의 유혹 수단 가운데 하나는 투쟁의 요청이다."

그러나,

"진짜 적으로부터는 한없이 많은 용기가 너에게로 흘러 들어온다."

카프카의 떨어져 있는 두 개의 문장을 연결하니 말이 된다. '그러나'는 이때 쓰라고 있는 것이다.

108

막내 놈이 중학생이 되더니 정말이지 확연히, 또렷이 달라진 게 있다. 숙제는 안 해도 젓가락 숟가락이 든 수저통은 스스로 잘 챙긴다. 오, 첩첩한 배고픔의 유전이여.

109

열렬한 것들은 죽을 때도 미련 없이 투신한다. 동백은 사랑과 죽음을 좀 안다.

110

모든 꽃은 발기다.

111

사랑을 바꿀 수는 없지만 사랑에 대한 태도는 바꿀 수 있다. 자식을 바꿀 수는 없겠지만 자식에 대한 태도는 바꿀 수 있다. 자식의 자리에 원수, 인생을 집어넣어도 마찬가지다.

112

어느 유명한 철학자가 텔레비전에서 강의를 한다. 자본주의를 전복하는 방법이 두 가지인데, 취업을 안 하거나 구매를 안 하면 된단다. 불면증을 없애려면 정신과와 불면증 약을 없애면 된다는 얘기로 들렸다. 경박한 강의는 항상 주의해서 들어야 한다.

113

혁명기간 동안에 죽는 쪽은 가장 훌륭한 사람들이다. 희생의 법칙이 그러한 것이어서, 결국 비겁한 사람들과 신중한 사람들이 항상 발언권을 갖게 된다. 왜냐하면 다른 사람들은 이미 자신의 가장 고귀한 몫을 바침으로써 발언권을 상실했기 때문이다. 말을 한다는 것은 항상 배신했다는 것을 전제로 한다. (알베르 카뮈, 『작가수첩 2』)

심장이 멈춰지는 무서운 말이다. 문득, 브레히트의 '살아남은 자의 슬픔'이 떠올랐다. 말을 한다는 건 무서운 일이다.

114

문 닫고 들어가라, 따지고 보면 말이 안 되는 말이 얼마나 많은가.

115

사물의 표면에서 놀고 웃는 시들도 좋지만, 존재의 근원을 익히고 데워서 뜯어먹는 시는 더 좋다. 빛보다는 열. 열은 마찰, 마찰은 섹스, 깊은 섹스의 탄성은 "너를 뜯어먹고 싶어"다. 노발리스 콤플렉스를 읽다가 문득.

116

삶은 스크린에 비치는 영화. 누가 영사기를 돌리시는가. 꿈 안에서도 꿈, 꿈 밖에서도 꿈. 배경을 바꾸지 못하면 버스노선이라도 좀 바꿔주시지.

40계단
꽃
FLOWER

117

프루스트의 문장들은 약불에 은은하게 데워지는 물이거나 아픈 사람의 이마에 나는 미열 같은 것이다.

118

시는 반동의 힘으로 언어의 폭포를 거스르며 나아간다.

119

마음, 거기 다 두고 발만 왔다

요슈타인 가아더의『소피의 세계 3』, 프로이트 편을 읽고 있었다. 옛날에 천 개의 다리로 환상적인 춤을 추는 노래기가 있었다. 숲의 모든 짐승이 노래기의 춤을 좋아했는데, 두꺼비만 그 춤을 질투했다. 그래서 두꺼비는 노래기한테 이런 편지를 썼다.

"오, 훌륭하신 노래기님, 저는 당신의 탁월한 춤 솜씨에 넋이 나가도록 감동을 먹었답니다. 그런데 나는 당신이 춤을 출 때 움직이는 방법이 궁금합니다. 우선 228번째 왼쪽 발을 들고 나서 59번째 오른쪽 발을 드시나요? 아니면 26번째 왼쪽 발을 들고 나서 499번째 오른쪽 발을 들어서 춤을 추시나요? 당신의 답장을 고대합니다. 다정한 인사를 올리며 두꺼비가."

노래기는 이 편지를 받은 이후 더 이상 춤을 못 추었을 것이다. 이성이 환상을 억압하면 예술은 태어날 수 없다. 노래기의 춤은 '저절로 춤' 문학적 글쓰기로 얘기하면 '자동기술적 글쓰기'쯤 될 것이다. 노래기는 발이 많이 달린 지네의 사촌이다.

121

내가 속마음을 감추고 마음에 들지도 않는 사람에게 억지로 "예예예~" 했던 것은 칸트의 말을 빌리자면 도덕법칙에 대한 내적 존경에 따르는 것이 아니라, 겉으로만 도덕 법칙과 일치하게 행동했던 것이다. 타자에 대한 일종의 마음가짐의 윤리학인 셈인데, 이렇게 사는 것은 피곤하다. 낯선 사람을 몇 시간 만나고 오면 진이 다 빠진다. 쓰러져 누울 때도 있다.

122

어느 날 땅 위를 거닐던 우리가 그다음 날은 사라지고 만다. 사는 동안 옆도 살피고 최대한 어슬렁거리며 느릿하게 살아야 한다.

123

숟가락이 평생을 가도 밥맛을 모르고 국자가 국 맛을 모르듯이, 희생하려면 그렇게 살아야 한다. 국자하고 숟가락 같은 시를 써야 한다. 밥과 국을 그대 안에 한평생 떠 넣어주고 싶다.

124

아무 말 없이 반찬 하나로 참 잘 먹는다. 순한 소 한 마리를 키우는 것 같다. 중학생 아들, 민석.

125

참치캔을 따다가 바닥에 엎질렀다. 통조림 기름이며 참치가 온 사방에 튀었다. 아침부터 비린내, 밖엔 초록 비린내.

126

좋은 글은 세계를 자신의 고통으로 물들인 글이 아니라, 제 몸을 뚫고 들어온 정체 모를 '그 무엇'을 해독하는 글이다. 그 해독의 과정이 고통이어야 한다.

127

정거장과 역과 부두에서 눈물을 앗아간 것은 다 스마트폰, 너 때문이다. 버스와 기차와 배 앞에서 이제 우는 사람이 없다. 이별과 눈물이 손바닥 안의 기호로 반짝거린다. ㅋㅋㅋ ㅎㅎㅎ ㅠㅠㅠ

128

밥을 안치러 일어나니 창문에 서리가 앉았다. 밖은 차고 안은 따뜻하기 때문이다. 사람도 마찬가지, 따뜻한 사람은 차가운 현실에 나가면 많이 다친다. 마음에 서리가 앉는 것이다. 그걸 우울이라 부른다. 우울이 깊으면 죽을 수도 있다. 왜냐면 마음의 눈에 서리가 앉아, 보이는 게 없기 때문이다. 상강霜降을 지나고 있다.

129

옛날의 길들은 목적지를 향해 나있었는데, 요즘의 길들은 걷기 위해 걷는 것들도 많다. 둘레길이 그렇다. 시가 목적을 위해 수단으로 쓰이는 것도 문제이지만 시를 위한 시가 되는 것도 썩 반길 일은 아니다. 유곽의 운명에 대해 잠시 생각했다.

130

비참은 내가 결정할 문제가 아니다. 대신에 비참한 자리로 가는 것은 오로지 내 의지의 문제이다.

131

뭘 받아내려면 늘 밑에 있어야 한다.

읽다
멋져 보일 책을
- P.J.
욕 봤다 통
주책공사

132

어느 목사님이 죽음에 대해 설교하는 것을 듣고 나도 따라 적어본다. 죽을 死자를 파자破字해보니, 저녁 석夕에 비수 비匕, 한 일一이다. 죽음은 저녁에 비수처럼 찾아온다. 예고도 없이, 어떠한 기별도 없이. 아, 一자로 뻗고 싶은 저녁이다.

133

열반涅槃이 관념觀念의 적멸이라면 사정射精은 애무愛撫의 적멸이다.

134

시의 언어는 꺾어진 지점에서 한 번 더 비틀어야 한다. 레슬링 선수가 꺾은 데를 한 번 더 꺾어 상대를 제압하듯이, 관절 마디가 툭, 분질러지는 느낌이 와야 한다. 내 시는 그 지점에서 늘 실패한다.

135

아름다움의 종자는 비극에서 정자精子처럼 헤엄쳐온다.

136

행복은 즐겁고 기쁘고, 좋아서 미쳐 죽겠고, 그런 곳에 있는 것이 아니다. 행복은 어떤 것도 영원히 계속되는 것은 없으며, 때가 되면 모두 지나가고 사라진다는 깊은 이해 속에 있다. 그래야 내 앞에 어떤 상황이 펼쳐진다 해도 그것을 오래된 친구처럼 편안하게 맞이할 수 있게 된다.

137

이 세상은 태양의 힘으로 자동충전이 가능하도록 계획적으로 설계된 놀이공원 같은 것일지도 모른다. 놀이공원 자유이용권의 유효기간이 끝나면 우리는 거기에서 가차없이 추방되고 말 것이다.

138

불안은 육체에 깃들지 않는다. 불안은 영혼의 표정이다. 육체가 아픈 것이 고통이라면 영혼이 아픈 것은 불안이다. 고통은 치유될 수 있지만 불안은 죽음까지 함께 간다.

139

가을 햇빛에선 놋그릇 냄새가 난다.

140

좋은 시는 변죽만 쳐도 복판이 운다는데, 그것도 좋지만 복판을 쳐서 변죽을 잘 울리는 것도 좋은 시일 것 같다.

141

옷은 대체로 몸을 가리는 수단인데 어떤 옷은 몸을 드러내기 위해 입는다. 제발 벗겨주세요, 하고 어떤 옷은 말한다. 언어는 '어떤 옷'과 같다. 대상을 벗기는데 기여한다.

김수상 poem essay

새벽하늘에서 박하 냄새가 났다

새벽 _ 하늘에서

박하 _ 냄새가 났다

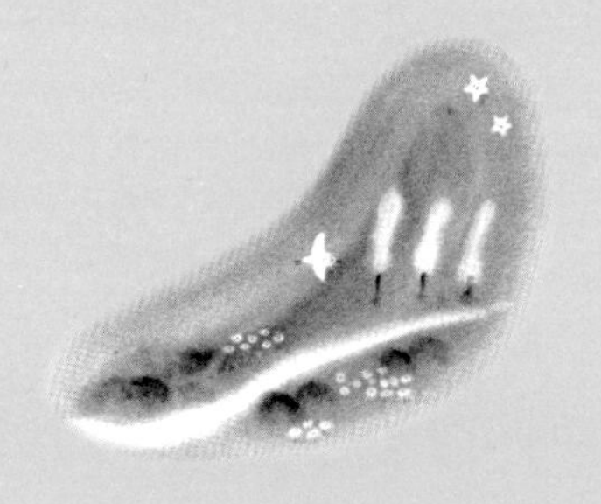

◆◆◆◆

142

별이 이빨을 꽉 깨물고 있다. 별이 차다. 내가 아는 건 이것뿐이다.

143

사막에서 살아남으려면 삭막해져야 한다.

144

벌부터 받고 죄를 지은 어떤 이를 나는 알고 있다.

145

사물은 발기한다. 시인은 그것을 세차게 빠는 사람이다.

146

사랑의 텍스트는 작은 나르시시즘과 심리적인 치사함으로 만들어진다. 그것은 위대한 것과는 거리가 먼, 또는 그 위대함은 어떤 위대함에도 합류할 수 없는, '천박한 물질주의'에조차도 합류할 수 없는 그런 것이다.

– 롤랑 바르트, 「사랑의 외설스러움」 부분, 『사랑의 단상』

치사함을 독주를 마시듯이 꿀꺽 삼키면, 그 사랑의 텍스트는 대부분 성공으로 마무리된다.

147

새벽하늘에서 박하 냄새가 났다. 대낮의 하늘에선 단내가 났다. 저녁 하늘은 혀를 빼물고 죽는다. 맨날 똑같다.

148

"날과 씨는 모두 앙금줄이 되어 짜랑짜랑 울었다"

백석의 시 가운데 한 대목이다. 시어들만 뽑았기에 시의 제목은 모른다. 나만 보려고 추려서 뽑아놓은 절창들 가운데 하나다. 맑은 겨울의 날씨도 짜랑짜랑 울 것 같다.

149

달랫강 이얘기가 있지요. 그기 강 이름이 왜서 달랫강이냐 하면 기가 맥힌 사연이 있단 말이야. 옛날에 비가 마이 와서 오누이가 강을 건네는데 오빠가 동상을 업고 건넸단 말이래요. 동상을 업고 가 보니 고만 이를테면 다큰 처녀를 업고 가 보니 오빠라는 기 나이 많고 이레니 고만 그기 탐이 날 기 아니요? 친동상이라도 탐이 났단 말이야, 친동상을 보고 그기 못된 기 일어나니 배기지는 못하겠으니깐두루, 돌메이다가 놓구서 그걸, "이건 철도 없구 제 친족도 모르는 이까짓 걸 둬 둬선 소용이 없다"고 내리쳤단 말이요. 치니깐두루, 그 놈으 거 다 뿌서져서 없어지니 죽을 수밖에 있어? 그래 죽었어. 그래 그 동상이 한다는 소리가 그랬어. 저 오빠가 죽은 거를 붙잡고서 "달래나 보지" 이래서 그기 달랫강이 됐어. 한번 달라고 그래나 보지, 그래 달랫강이라는 기야.

아우라지 뱃사공 송문옥 선생이 달랫강 이야기를 들려준다. 뿌리깊은나무의 『민중자서전』 13권 62쪽의 말들을 다시 옮겨 적으니 시가 되었다.

150

마음에 합판 스무 개쯤 덧대고 대못 박고 빗장 삼중으로 걸면, 그놈 펄쩍펄쩍 날뛰다가 제풀에 지쳐 잠들고야 말겠지?

151

꿈이지만, 내 사랑하는 애인이, 꿈이지만, 늙었지만 골리앗 같은 아주 건장한 노인의 무릎을 베고 누웠다. 꿈이지만, 그 노인이 애인의 볼을 긴 혓바닥으로 소처럼 핥고 있었다. 꿈이지만, 나는 써니텐인가 킨사이다 병이었던가, 아무튼 병으로 노인의 대가리를 힘껏 내리쳤는데, 그 노인은 미동도 없이, 긴 혀로 마치 소처럼 애인의 볼과 눈썹과 이마를 계속 핥고 있었다.

152

페루의 위대한 시인 세사르 바예호는 작품도 발표하지도 못하고 무명인 채로 파리에서 숨을 거두기 9년 전에 시작 노트에 이런 글을 남겼다.

"만약 누군가 숨을 거두는 순간에, 그의 죽음을 막기 위해 다른 모든 이의 연민이 한자리에 모인다면, 그는 죽지 않을 것이다."

153

쓰는 사람은 계속 써야 한다. 써야 하는 것은 하늘이 주신 병이고, 작가는 쓰면서 낫는 사람이다.

154

마음 쪽에서 몸을 바라보면 몸은 아주 커다란 병이다. 치유할 수 없는 암 덩어리 같은. 나를 나의 육체라고 생각하기 때문에 스스로를 죽음 안에 가둔다. 세계는 물질로 이루어져 있지만, 내가 의식의 한가운데 있으면 세계는 마음의 바다가 된다.

155

아티크 라히미는 『흙과 재』에서 이렇게 말합니다. “그의 슬픔은 날 보러 올 때면 눈물이 되어 흘러나오지만, 자기 초소로 돌아가면 폭탄으로 변한답니다. 그러다가 다른 사람들을 만나면 날카로운 칼날이 되어버리지요.” 아, 슬픔은 세 겹으로 이루어진 이불이군요.

156

집요, 사자가 누의 등허리를 악착같이 물고 절대로 놓지 않는 것. 집착, 누 떼는 떠났으나 누의 피와 살의 냄새를 그리워하는 것.

157

“날 데려갈 때는 사정도 많더니, 날 데려다 놓고는 잔말도 많다.” 서방님의 잔말이 더 심해지면 이렇게 된다. “우리 집 서방님은 명태잡이 갔는데, 바람아 불어라 석 달 열흘만 불어라.” 노랫말은 〈진도아리랑〉에서.

158

배추꽃도 노랗고 유채꽃도 노랗다. 빌린 돈 이자에 시달린 내 얼굴도 노랗다.

159

네 글은 빛나는 지평선이었다. 나도 도달하기를 원했지만, 그러기에는 내가 받은 교육의 중력이 납처럼 무거워 결코 이르지 못할 지평선.

(파스칼 메르시어, 『리스본행 야간열차』 1권 부분)

글쓰기는 모르는 힘으로 나아간다.

160

은행잎의 무덤을 보았다. 일 년 내도록 붙어 있다가 이무렵 몰아서 한다. 생리 피가 노랗다.

161

오래되어 너덜너덜한 묵은 잎을 보았다. 그 옆의 새파란 새순들. 새끼들은 자기가 자기 힘으로 피어난 줄 알겠지.

162

거두는 몸은 맨 나중에 씻는다. 살아야겠다. 콩나물 생콩 비린내가 싱크대에 가득하다.

163

나무가 잎을 버리는 것이 아니라, 잎이 나무를 떠나는 것이다. 조금이라도 가벼워지라고. 조금이라도 짐이 안 되려고. 저 무수한 맹세들. 그래도 다음 생에는 네 몸에 나를 높이 매달고 나부끼게 해 달라는 묵언의 말씀들, 발밑에 수북하다.

164

요양병원 시인 의사 선배한테 전화를 받았다. CT 결과, cancer. 내 손은 쓰일 데가 없고. 울 엄마 암도 손을 쓸 수가 없고. 둘 다 손 못쓰기는 매한가지.

165

어제는 굵은 모래, 오늘은 가는 모래, 집구석이 무슨 씨름장도 아니고. 막내 놈이 끌고 들어온 모래가 매일 한가득이다. 욕이 한 바가지 나오려다 참는다. 나 어렸을 땐, 걷어 올린 바짓단에 모래를 아예 싣고 다녔다. 엄마는 부지깽이를 들고 잡으러 오면 나는 죽어라 도망가고. 그 엄마 이제는 치매 병동에 누에처럼 꼬물거리며 기어 다닌다. 날 좀 잡으러, 누군가 와주었으면 좋을 밤이다.

166

"이런 본질을 가진 이타주의의 모든 형태는 이기주의 형식을 토대로 발전하고 이기주의가 아닌 이타주의는 아무것도 낳지 못한다. 불행한 친구를 만나 보기 위해 그리고 공공의 기능을 수행하기 위해 글쓰기를 중단하는 것은 작가의 이타주의다." (프루스트, 『되찾은 시간』, 428P)

자신을 아끼는 마음이 없는 이타주의는 아이를 갖기 위해 섹스는 열심히 했으나 불임不姙에 머무는 것과 같은 것이다. 나는 이타주의적 글쓰기를 열심히 하고 있다. '잡지사하청원고단순조립공'이다. 가끔씩 '오타주의적' 글쓰기를 하다가 원고료를 절반으로 깎이기도 한다.

167

깡총깡총은 깡충깡충의 잘못이란다. 딸아이 대입적성고사 1번 문제였다. 1번부터 틀린 딸아이가 말했다. “어렸을 때 아빠가 토끼는 깡총깡총, 소는 음매음매, 고양이는 야옹야옹이라매.” 그래, 미안하다. 토끼가 지 적성에 맞게 깡총깡총 뛸 수도 있고 깡충깡충 뛸 수도 있지. 고양이가 냐옹냐옹 울 수도 있고 야옹야옹 울 수도 있지. 지 적성에 맞게.

168

그녀가 얼굴을 붉히며 종이 한 장을 내밀었다.
“어느덧, 겨울이다”가 그녀의 시, 첫 행이었다.
“어느듯, 겨울이다”로 내가 빨간 펜으로 고쳐주었다.
미팅한 지 하루 만에 그녀가 그만 만나자고 했다.
얼굴이 뽀얀 국문과 여학생이었다.
남자들이여, 문법을 배워라, 그리고 교정 함부로 보지 마라.

책상은 책상이다
저기, 분홍
시-60
소금 울음
시-43
노동자의 성인

169

깨끗한 흰옷에 흙탕물이 조금 묻으면 조바심을 내지만, 옷을 반쯤 버리면 그땐 첨벙첨벙, 놀면 된다. 인생은 어차피 흙탕물 놀이다.

170

행만 갈면 시가 되는 줄 알았다. 이만 갈면 한이 풀리지 않는다는 것을 이가 다 망가지고 나서야 알게 되었다.

171

"채권자의 편지에 답장을 할 때마다, 관련 없는 주제로 50행씩 써라. 그러면 그대는 구원받으리라." (보들레르)

채권자에게 보내는 편지가 아니더라도 작가라면 하루에 50행씩은 써야 하리라. 쓰는 동안만 시인이고 작가다.

172

베를리오즈의 〈환상교향곡〉은 환상적이기도 하지만 〈적과의 동침〉에서는 마틴의 로라를 향한 무자비한 성적학대를 상징하기도 한다. 같은 시가 어떤 사람에게는 환상적인 위로를, 또 다른 사람에게는 무자비한 슬픔을 주기도 한다.

173

"시를 쓰기 위해서는 여직까지의 시에 대한 사변思辨을 모조리 파산을 시켜야 한다. 혹은 파산을 시켰다고 생각해야 한다. 말을 바꾸어하자면, 시작은 '머리'로 하는 것이 아니고, '심장'으로 하는 것도 아니고, '몸'으로 하는 것이다. '온몸'으로 밀고 나가는 것이다. 정확하게 말하자면 온몸으로 동시에 밀고 나가는 것이다.

그러면 온몸으로 동시에 무엇을 밀고 나가는가. 그러나 –나의 모호성을 용서해 준다면– '무엇을'의 대답은 '동시에'의 안에 이미 포함되어 있다고 생각된다. 즉 온몸으로 동시에 온몸을 밀고 나가는 것이 되고, 이 말은 곧 온몸으로 바로 온몸을 밀고 나가는 것이 된다. 그런데 시의 사변에서 볼 때, 이러한 온몸에 의한 온몸의 이행이 사랑이라는 것을 알게 되고, 그것이 바로 시의 형식이라는 것을 알게 된다.

시는 온몸으로, 바로 온몸으로 밀고 나가는 것이다. 그것은 그림자를 의식하지 않는다. 그림자에조차도 의지하지 않는다. 시의 형식은 내용에 의지하지 않고, 그 내용은 형식에 의지하지 않는다. 시는 문화를 염두에 두지 않고, 민족을 염두에 두지 않고, 인류를 염두에 두지 않는다. 그러면서도 그것은 문화와 민족과 인류에 공헌하고 평화에 공헌한다. 바로 그처럼 형식은 내용이 되고, 내용이 형식이 된다. 시는 온몸으로 바로 온몸을 밀고 나가는 것이다."

온몸의 이행이 사랑에 가닿는다는 시인의 말은 아직도 아득하고 아득하다. '세계의 開陣' '大地의 은폐'를 해석하기 위해 밤을 새운 적도 있으나, 나는 온몸으로 온몸을 밀고 나가기는커녕, '몸'을 육체와 욕망, 본능에 가두어 해석한 적도 있었다. 그러나 어쩌겠는가. 나무를 만나면 온몸으로 나무를 밀고 나가고, 상처를 만나면 온몸으로 상처를 밀고 나가기로 한다. 그 '밈'은 대상을 밀어나가는 것이 아니라, 마치 공상과학 영화에서 보듯, 내 몸 안으로 다른 존재를 통과시킴으로써, 마침내 뚫고 나아가는 그런 '밈'이다. 김수영의 말대로 그 '밀어감'의 엔진은 '사랑'이어야 마땅하다. 온몸에 의한 온몸의 이행이 사랑 없이 어떻게 가능할 수 있을까. 그렇게 세계를 온몸으로 밀고 나가다 보면, 그림자조차 의식하지 않고 밀고 나아가다 보면, 한때 나의 전부였던 시도 피범벅인 채로 거기서 웃고 있을까.

174

당신이 있다는 건, 하늘 같은 그리움이 있다는 뜻이다. 쓰고 보니 유치하지만.

175

사랑을 잃고 난 뒤의 마음은 범죄자가 다시 현장을 찾는 것과 비슷한 마음일지도 모른다.

내가 이별 전문 해결사도 아닌데, 오십이 넘은 선배가 훌쩍거리며 나에게 전화를 했다. 이젠 잊겠다고 했다. 꽃뱀은 아니냐고 물었고, 나는 선배한테 이렇게 말해주었다.

"잊도록 노력할게. 잊도록 노력하는 일이 가능한 것일까요? 그냥 그립다는 그 생각을 알아차리고 그래도 또 그리우면 또 그립다는 그 생각을 알아차리고. 그러면 늘 제가 하는 얘기지만 생각이 제가 제풀에 지치도록 해버리세요. 그러면 되지 않을까요? 노력한다는 건 또 하나의 억압이에요. 억지로 누른 것은 다른 곳에서 반드시 튀어나와요. 여기를 누르면 저기가 튀어나온단 말입니다. 마음은 풍선처럼 연약해요. 너무 누르면 터져버려요. 터진 풍선이 얼마나 꼴같잖은지는 선배도 아시잖아요."

오십 넘어서는 바람 조심해야 한다. 가을바람은 약도 없다.

177

사랑할 수 없는 것은 사랑할 수 없어요.

178

수초가 흐드러진 냇가에서 퍼덕퍼덕 흙탕물을 일으키며 고기를 몰아가던 생각이 난다. 고기를 잡는 반두엔 물고기 떼가 퍼덕였다. 맑고 순수하기만 해서는 사랑을 몰아갈 수 없다.

179

바슐라르가 『불의 정신분석』에서 말한 '향기로운 열의 시절'은 어디로 갔을까. 하늘이 탕약을 끓이신다. 단풍 끓는다.

180

"단순한 형식은 상상력의 발사대다."

맞다. 머리를 짧게 깎으면 쓸 모자가 많다.

내 속엔
내가 _ 이길 수 없는 슬픔
무성한 가시나무 숲 _ 같네

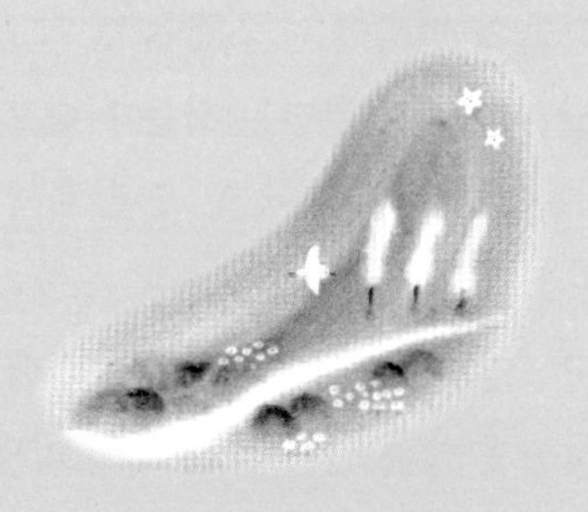

◆◆◆◆

181

“나는 이탈리아 화가들의 번쩍이는 공작 깃털 그림보다는, 밖에는 눈발이 날리고 비가 뿌리는 가운데 수프를 마시는 넝마주이 무리를 보여주는 랑송의 잿빛 채색 스케치를 바라보는 편이 훨씬 좋네. 날이 갈수록 이탈리아식 화가들은 급증하지만, 청빈한 화가들은 전에 비해 드문 것이 사실이네. 진지하게 말하건대, 나는 몇몇 이탈리아 화가들처럼 일종의 수채화 제조가가 되느니 차라리 호텔 심부름꾼이 되겠네.” (빈센트 반 고흐)

시를 쓰는 자세도 마찬가지.

182

생각은 ‘하나의 집요한 생각’이 아니고, 꼬리에 꼬리를 무는 쥐새끼들의 행진이다. 마지막 쥐의 꼬리를 무는 쥐가 없는 날, 나는 생각 없이 죽을 것이다.

183

묘용妙用, 진정한 체體를 얻어야 진정한 용用을 쓸 수 있다. 용만 쓴다고 용用을 얻을 수 있는 것은 아니다. 묘용을 알면 웃어도 진짜 웃고 울어도 진짜 울고. 시의 몸체를 얻고 싶다. 시 쓰는 妙한 기계.

184

"내 속엔 내가 너무 많아 당신의 쉴 곳 없네 내 속엔 헛된 바램들로 당신이 편할 곳 없네 내 속엔 내가 어쩔 수 없는 어둠 당신의 쉴 자리를 뺏고 내 속엔 내가 이길 수 없는 슬픔 무성한 가시나무 숲 같네"

(「가시나무」, 하덕규 작사 작곡)

그러나 내 속엔 당신이 너무 많아 내가 쉴 곳 없네.

185

“남성들 대다수에게 활기의 원천이자 –비록 철학적 해학의 수치라고도 말하지만–영원한 즐거움을 주는 존재, 남성들의 모든 노력이 경주되는 대상이 되는 존재, 신처럼 두렵고 소통이 불가능한 존재…… 운명을 결정하고 비트는 존재, 화가들과 시인들이 주옥같은 작품을 창조할 수 있도록 해주는 존재…… 단지 남성과 대비되는 의미를 넘어서는 존재가 바로 여성이다. 여성은 신이며 별이며 남성의 두뇌에서 나오는 모든 생각을 주재한다. 자연의 모든 아름다움이 하나의 빛나는 집합체를 이룬 결과이며, 생명의 그림이 그것을 명상하는 자에게 줄 수 있는 열렬한 숭배와 호기심의 대상이다. 어리석은 생각일지 모르나 여성은 눈부신 마력을 지닌 하나의 우상으로서, 자신의 눈길 속에 의지와 운명을 담고 있다.”

(보들레르, 「현대 생활의 화가」 부분)

보들레르는 여자들에게 보들레르 했을까.

kt

186

그냥 그립기만 하면 무엇이 나쁘겠습니까? 대부분 여기서 끝나지 못하고, 그리우니까 보지 않으면 안 되고, 그래서 못 보면 괴로움, 고통이 이어지니까 문제이지요. 생각인 줄 알아챌 수만 있다면, 그리 할 수만 있다면, 인생의 모든 것이 얼마나 신나고 재미있겠어요. 그대 생각도 그래요?

187

나의 언어는 오래된 빵조각처럼 굳어버렸다. 가스통 바슐라르여, 내 몽상을 회복해다오. 매우 멀리까지 꿈꾸어 하나의 물건이 어떻게 이름을 만날 수 있었는지 알려다오. 아니면 자폭할 가스통이라도 좀 주든지.

188

인생은 알 수 없다, 에 계속 투표하는 나날. 모르기까지 얼마나 많은 날을 허비했던가. 모른다는 것을 아는 것, 그게 진짜 아는 것. 동네 산책길에 야자수 멍석이 새로 깔렸다. 환하다.

189

어느 시인이 저에게 말했어요. “선생님 시에는 은유가 없어서 시가 좀 그래요.” 그래요. 맞아요. 브루스 핑크가 그의 책『에크리 읽기』에서도 그랬잖아요. 정신병자의 언어적 구조는 은유 능력의 결여에 있어요. 어떤 결여는 멋진 시가 되기도 하지요. 그런데 여기를 저기에 갖다 붙이고 저기를 여기에 갖다 붙여도 여기는 여기고 저기는 저기였어요. 꼼짝도 하지 않았지요. 말장난을 할 바엔 은유를 내다 버리기로 했어요. 내가 내다 버린 은유는 어느 시인의 시에서 잘 놀고 있더라고요. 하하하.

190

비가 오고 꽃은 지고 잎이 핀다네. 당신이 오니 이별은 지고 사랑이 핀다네. 저기 봐, 당신아, 꽃은 질 때도 소리를 내지 않네.

191

사랑에서 환상을 부수면 무엇이 남을까?

192

정치인의 내장은 바깥으로 다 드러나 있다. 속을 알 수 있는 것은 대체로 천박하다.

193

여기 오면 저기 생각, 저기 가면 여기 생각, 병 가운데 병이로다.

194

우리 앞에, 지금 제 앞에 펼쳐진 모든 것들은 더 이상 어찌할 수 없는 것들입니다. 아, 그러나 시절 인연이 올 것입니다.

195

불안을 이기려면 더 큰 불안과 손잡고. 고통을 이기려면 더 큰 고통과 손잡고.

CCTV

196

말은 뇌에 지문을 남긴다고 카프카가 그랬어요. 나의 말은 당신의 머리에 어떤 지문으로 남아있나요? 카프카의 많은 잠언들 가운데 이 말이 나의 뇌에 또렷한 지문으로 남아있어요. 다시 들려드릴게요.

“마음은 두 개의 침실이 있는 집입니다. 한쪽 방에는 근심이 살고, 다른 방에는 기쁨이 삽니다. 인간은 그렇게 큰 소리로 웃어서는 안 됩니다. 큰 소리로 웃으면 옆방에 있는 근심을 깨우게 됩니다.”

197

낮은 도와 높은 도. 그것밖에 없다. 요즘 내 삶의 건반이다. 하늘님, 제 조울을 조율 한번 해주세요. 예?

198

비에 맞아 죽고 싶다. 가을비다.

199

물안개는 물에서 피어나지만 물을 가리기도 합니다. 나는 당신 때문에 피어났지만 당신을 캄캄하게도 할 수 있습니다.

200

꽃밭에서 꽃이 꽃을 피우는 일은 꽃의 일이기도 하지만 밭의 일이기도 하다. 꽃이 병을 앓는 것은 꽃의 잘못이 아니다.

201

"사랑의 텍스트는 작은 나르시시즘과 심리적인 치사함으로 만들어진다. 그것은 위대한 것과는 거리가 먼, 또는 그 위대함은 어떤 위대함에도 합류할 수 없는, '천박한 물질주의'에조차도 합류할 수 없는 그런 것이다."

(롤랑 바르트, 「사랑의 외설스러움」 부분, 『사랑의 단상』)

나에게 있어 사랑은 당신의 '작은 나르시시즘'과 나의 '심리적인 치사함'으로 완성된다. 나는 당신의 '나르시시즘'으로 자극받고 당신은 나의 '치사함' 때문에 다시 당신의 '나르시시즘'에 안착한다. 괜찮다. 내가 당신의 '나르시시즘'을 떠받들고 있는 동안 당신은 나를 떠나지 않을 것이다. 당신을 떠받드는 그 치사함이 얼마나 외설스러운 것이냐. 당신은 알몸으로 나의 공중에 부처처럼 떠 있다. 그 위대함은 어떤 위대함에도 합류할 수 없다.

202

나 대신에 세상에 와서 나를 사는 사람이여, 나를 좀 똑바로 살아줄 수 없겠니?

203

무덤이 있는 소나무길과 아까시와 벌노랑이와 조뱅이와 세상을 떠나는 새. 조금 삐친듯한 새초롬한 이 바람. 아, 살아야겠다.

204

“몰락한 사람이 옛날에 살던 집의 식탁에 둘러앉은 사람들을 유리창 너머로 들여다보듯이…” 플로베르의 〈마담 보바리〉의 한 구절인데요. 유리창 안의 사람들이 행복해 보일수록 바깥의 그 사람은 어떨까요.

205

혀로 자기의 팔꿈치를 핥아보셨나요? 당신은 그런 어려운 쪽에 살지요. 참, 어려운 곳, 어려워야 사랑이에요.

206

“망각은 기억 상실이 아니다. 망각은 과거의 덩어리에서 귀환하기를 거부하는 것이다. 망각은 부서지기 쉬운 것의 소멸과는 달라서, 견디기 힘든 무엇의 매장에 과감히 맞선다. ‘붙잡아두기’는 우리가 귀환을 바라는 어떤 기억을 보존하려고 그 ‘나머지’를 모두 버리도록 망각을 작동시키는 작전이다. 그렇게 해서 ‘불러들이기’는 결핍과 상실의 자리를 마련한다. 기억이란 무엇보다도 잊혀지게 될 것들 중에서 행해지는 선별 작업이며, 그런 다음 기억의 기초인 망각의 지배에서 멀리 떼어놓을 목적으로 선별된 것을 보유하는 일이다. 암기가 바로 그런 것이다. 암기를 하려고 하는 아이는 손바닥으로 책장을 가린다. 불러들여야 할 것을 보지 않기 위해서다. 망각은 잊혀질 것과 기억될 것을 삭제하고 분류하며, 파내고 파묻는 동시에 그것들을 영원히 결합시키는 최초의 공격적 행위이다.” (파스칼 키냐르, 『혀끝에서 맴도는 이름』 부분)

기억은 하나를 위해 나머지 모두를 버리는 일이다. 파냄과 동시에 파묻는 일이며 과거의 덩어리에서 선별된 것을 보유하는 일이다. 기억은 마치 아이가 책장을 가릴 때만이, 온전히 책의 내용을 외울 수 있듯이 망각의 검은 심연으로 헤엄쳐 들어가는 행위이다. 눈 감을 때만 떠오르는 사람이 나에게도 있었던가. 그 사람에 대한 기억을 하는 시간만큼은, 나머지 모두를 버리고 있는 순간이다. 그 사람만을 과거의 덩어리에서 발굴해 내고 나머지는 통째로 파묻는 공격적 행위이기 때문이다. 나를 발굴해다오. 나를 가장 미워했던 사람아.

207

죄의 색깔은 새파랗다. 무섭기 때문이다.

208

스스로를 매질한 자리에 날개는 돋아난다. 허공을 날기까지 새들은 얼마나 자기를 때렸을까.

209

생각은 경계를 통해 드러난다. 경계를 묽게 하는 것, 생각에 물타기. 그건 해볼 만한 공부다.

210

나는 이미 화장이 뜨는 나이

네가 사는 남쪽으로

귀 한쪽 열어놓고

내 몸은 북쪽에서 늙어갔다

(작가 모름, 「첫사랑」)

옛날, 시를 함께 배우던 同學이 나에게 보내준 시인데, 포털에서 다 검색해 봐도 지은이를 모르겠다. 이 시를 보내준 분과는 연락이 닿지 않는다. 자꾸 읽을수록 참 좋은 시다.

책
Book/Cafe/Room

211

허리 밑의 이야기는 허리에게 맡겨두고 허리 위의 이야기도 허리에게 맡겨두자. 허리만큼만 생각할 것.

212

나는 환우가 깊어 퇴원이 기약 없는 환자다.

213

애먹인 것도 아닌데 내가 아는 여자들은 문을 다 걸어 잠갔다. 나는 젖이 무덤만큼 큰 여자를 생각하며 봇둑을 걸었다.

214

시의 자리는 자기의 허물을 보는 데 있고 정치의 자리는 남의 허물을 보는 데 있다. 그래서 정치는 해볼 만한 것이 못 된다.

215

마음은 한 번에 한 가지 생각밖에 못해요. 그러니 잘하면 마음, 그놈 잡기 쉬워요.

216

좋아하는 것을 좋아하는 것은 얼마나 좋을까.

217

명절, 외로운 사람들은 즐거운 날에 더 외롭다.

218

진실로 착한 상태는 자기가 착한 일을 하고도 그것이 착한 것임을 의식하지 못하는 것을 말한다.

219

내가 괴로운 까닭은 마음이 딴 데 가있기 때문이다. 설거지할 때는 설거지 생각, 국이 끓을 때는 국 생각만 할 것.

220

어떤 좋은 시는 말이 말을 책임지지 않고서도 책임 있는 땅으로 우리를 데려간다.

221

향수는 밖으로 번지는 향이 있고 안으로 모아주는 향이 있다고 한다. 시도 그렇다.

222

나는 사과나무를 볼 때마다 아버지 팔뚝이 생각난다. 자, 매달려 봐! 하며 양팔을 나에게 펼치던 아버지의 청춘의 팔뚝이.

김수상 poem essay

새벽하늘에서 박하 냄새가 났다

깡통은 _ 비어야
비로소 _ 깡통이다

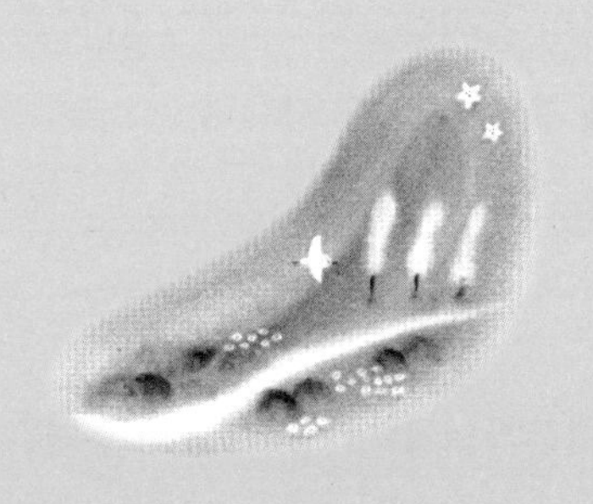

◆◆◆◆

223

불쑥, 이란 말 곰곰이 들여다보니 참 불친절한 말이다. 나도 지금 당신에게 불쑥, 인지도 모른다.

224

어느 유명한 문학평론가의 특별기고를 읽었는데, 말을 빙빙 돌리며 말하는 그런 논리 전개는 결국 실패한다는 것을 스스로가 증명하고 있었다. 그가 차용하고 변주한 이론은 고물상에 버려진 싸구려 꽃장식 같았다.

225

내가 백석은 아니지만 대파가 둥둥 떠다니고 붉은 고깃기름이 노을처럼 떠 있는 소고깃국에 흰 쌀밥을 말아먹고 싶을 때가 있다. 솥은 가마솥, 국은 아주 뜨거워 입천장이 다 까졌으면 좋겠다.

226

악인이 가난하고 겸손한 사람을 핍박하고 멸시하는 세상에 주여, 어서어서 그들을 심판하러 오소서. 오셔서 악인의 팔을 꺾으소서. 당신은 우리들 가난한 영혼의 왕이시나이다.

227

주장하는 글은 일단 쉬워야 한다. 그리고 자신이 말하려는 논지가 곁길로 새지 않는지 끝까지 글을 어린아이처럼 보살피며 가야 한다. 아무리 지식이 넘쳐흘러도 글로 남을 설득할 수 없다면 주장하는 글은 쓰지 말아야 한다.

228

사람은 다 병든다, 사람은 다 늙는다, 사람은 다 죽는다, 내가 불리할 때 외우는 주문이다.

229

시인과 에로 여배우의 공통점은 아~ 라는 탄성이 많다는 것이다.

230

박남철의 시는 자기를 때리며 비참을 향해 고래처럼 항진하는 시였다.

231

깡통은 비어야 비로소 깡통이다.

232

아무래도 이 세상은 알 수 없는 것들로 가득하다. 뒤로 가는 듯 걸었다. 꿈의 물질로 가득하였다.

233

치매 병동에서 가져온 우리 엄마 분홍 내복이 빨랫줄에 걸려있다. 목둘레에는 꽃무늬 레이스도 있다. 관절 하나만 일으켜 세우면 창밖의 피고 지는 꽃을 볼 텐데, 가는 이 봄을 못 보고 바닥만 기고 있을 것이다.

234

울면서 울리고 흔들며 흔들리는 너는 누구냐.

235

달마가 양무제梁武帝를 만났다. 양무제가 물었다. “너는 뭐하는 사람이냐?” 달마가 대답했다. “몰라요.” 지극한 도는 어렵지 않다. 오직 모를 뿐. 싫어하지도 좋아하지도 말 것. 그러면 통연명백洞然明白할 것이니. 생각, 감정, 오감五感에서 벗어나야 텅 빈 마음과 마주할 수 있다.

236

마하라지의 말처럼 사람은 자신이 아는 것 이상을 넘어설 수 없지만, 넝쿨로 이루어진 식물들의 본질은 넘어서는 데 있다. 철망을 넘는 나팔꽃을 보았다.

237

내가 나에게 ‘나는 너를 모른다’, 하면 나와 싸울 일이 없으니 속이 얼마나 편한지 모른다.

238

"어떤 젊은 부인이 울면서 병원을 찾아왔다. 남편이 교통사고로 왼쪽 다리를 무릎 윗부분에서 절단하는 수술을 받았는데, 수술을 받고 난 후, 남편이 엄지발가락과 두 번째 발가락 사이가 가려워서 못 견디겠다고 긁어 달라고 했다는 것이다. 그 부인은 당연히 절단하지 않은 오른쪽 발가락인 줄 알고 긁어주었더니, 없어져버린 왼쪽을 긁어달라는 것이었다. 그 후에도, 시간이 흐르면서 그 부위가 너무 아파서 잠을 못 이루고 자꾸 없어진 그 부위를 주물러 달라고 한다는 것이었다."

(가천신경통증클리닉 홈페이지에서)

환지통幻肢痛이란 게 있단다. 뇌가 잘못된 신호를 받아 이미 절단되어 없어진 부분에서 계속 통증을 느끼는 병이다. 아픈 곳이 없는데 통증은 있다. 누구나 그런 사랑 하나는 간직하고 살 것이다.

239

미움은 미워하면서 자라고 사랑은 사랑하면서 자란다. 부끄럽지만 이 제목으로 제4회 박영근 작품상을 받았다. 상에 부끄럽지 않게 살아야 하는데.

240

같은 나무라도 배롱나무의 결이 다르고 소나무의 결이 다르다. 그 사람을 만나고 그 사람의 글을 읽으면 신기하게도 그 사람의 마음의 결이 생생히 다 만져진다. 그 사람의 분위기나 어조가 글 안에 묻어난다. 글에서 그 사람이 솟아난다.

원도심
창작공간
또따또가
Totatoga
街
Interior Design

241

갑자기 너무 아름다운 것과 맞닥뜨리게 되면 숭고미가 펼쳐지게 된다. 세속의 사랑은 숭고에서 통속으로 간다. 통속에서 숭고로 가는 일은 거의 없다

242

자세의 기품은 오랜 응시에서 생겨난다.

243

시인은 말에 떠내려가고 말에 실려 가는 사람, 마침내 말에 버림받는 사람. 그럼에도 끝끝내 말을 그리워하는 사람.

244

내 밥은 모래 속에 반짝이는 사금 같은 슬픔이다.

245

“어떻게 떨어지는지 몰라 종달새는 허공에서 죽었네”

(쥘 쉬페르비엘, 「중력」)

적멸, 흔적도 없이, 통곡도 없이, 애도도 없이, 무덤도 없이.

246

어떤 책은 멋진 신랑을 기다리는 첫날밤의 어여쁜 신부와 같다.

676594시간 34분 18초

247

가지는 가지 말라는 곳으로도 뻗는다. 시의 가지도 마찬가지다.

248

낙엽에서 요양원 치매 병동 들어가기 전날 몽땅 내다 버린 울 오매 겨울 스웨터 냄새가 났다.

249

"겨울에는 물고기가 몰려다닙니다.
고기를 잡으려면
고기보다 머리가 좋아도 안 되고, 머리가 나빠도 안 됩니다.
물고기가 되어야 합니다."

(한탄강 어부)

들뢰즈의 '~되기becoming'를 책 한 자 안 봐도 한탄강 어부는 이미 몸으로 다 알고 있었다.

250

하느님은 맷돌로 햇살을 곱게 갈고, 부처님은 절구로 햇살을 잘게 빻고, 나는 햇살이 닿지 못한 그림자를 오래 들여다보다가, 울컥, 또 울컥, 햇살이 고운 날은 물 위에 내가 떠 있는 것 같아서. 떠 있는 것 같아서.

251

"아빠, 아빠가 사준 이번 바디로션은 향이 좋아. 다른 로션은 향이 붕 뜨는 느낌인데, 이건 향이 몸에 착 달라붙어서 몸이 향을 잡아주는 느낌이야." 딸아이의 말처럼 내 시도 붕 뜨지 않고 몸에 착 달라붙는 시였으면 좋겠다.

252

가을볕은 만 개의 부리를 가진 짐승이다. 가을볕에 온몸을 쪼였다.

253

어렸을 때, 우리 집 감나무는 뒤란에 있었고, 앞집 '빌골댁'의 감나무는 우리 집 낮은 담장을 반쯤 걸치고 있었다. 기와를 얹은 흙담 아래로 감꽃이 떨어지면 누나들이 목걸이를 만들어주었고 가끔 나는 감꽃을 주워 먹기도 하였다. 그러다 심심하면 감씨를 이빨로 잘 쪼개면 반으로 딱, 갈라지며 숟가락 모양이 나오는 것이었다. '빌골댁'도 돌아가시고 우리 집은 '폐가정리사업'으로 허물어졌다. 감나무도 물론 자취를 감추었다. 감나무 씨 안의 흐린 숟가락이 보고 싶다.

254

치매 병동의 휠체어가 내 고물차에 들어가려나. 올 가을엔 울 오매 태우고 꽃구경하다가 툇마루에 앉아 손톱 발톱도 깎아드리고, 여문 햇살도 쪼이고, 문득 그런 생각. 내 가방엔 책 대신 기저귀 몇 장, 무릎담요 한 장. 푹 삶은 땅콩과 고구마, 무른 복숭아, 도토리묵도 펼쳐놓고 이승에서 마지막일지도 모를 다정한 대화, 팔다리 주무르며 조근조근 나누다 왔으면. 그러면 수미산 같은 내 죄가 흙 한 줌만큼 덜어지려나.

255

이름을 붙이지 말자. 이름을 붙이면 생각으로 돌아간다. 한 생각이 우주를 오염시킨다.

256

잠이 들 때는 잠이 드는 것조차 모르는 것처럼 죽음도 그렇게 올 것이다.

257

내가 없으면 상처 입을 일이 없다. 주어를 버리면 깔끔한 문장이 된다.

258

나는 사물과 사물, 인간과 세계의 전도체다. 가끔 합선과 스파크를 일으키며 동네를 암흑천지로 만드는 불량 전도체.

259

더 느끼되 덜 생각하고 더 예민하되 덜 논리적인 인간이 될 것. 소음에 맞서 싸우는 것은 그것을 없애는 것이 아니라 그것을 전체적으로 받아들이는 것.

260

조막만 한 화분에 있는 이름도 모르는 어떤 파란 것을 널따란 화분에 옮겨 심었더니 잎이 거짓말을 조금 보태자면, 남산만큼 커졌다. 나도 누가 나를 좀 옮겨 심어 주면 좋겠다.

261

아무리 예쁘고 아무리 잘 생겼다 해도 얼굴에 슬픈 듯한 표정이 없으면 별 매력이 없다.

262

어떤 상황의 어려움의 극단에 부딪힐 때, 그것을 받아들여야만 할 때, 우리 오매가 자주 이 말을 썼다. “그럼, 구처 없지 머.” 의성 안계 말이다.

263

아침 8시 라디오뉴스 앵커에겐 미안한 말이지만, 오늘따라 아스팔트에 삽을 끄는 얘기가 많아서 슈베르트의 피아노와 바이올린을 위한 환상곡 C장조, D934를 들으며 왔다. 피아노와 바이올린이 앞서거니 뒤서거니 했다. 음악은 나를 정말로 번쩍 들어 올려준다. 이 환멸의 세상에서 보잘것없는 나를.

고래섬

264

사람을 바꾸려는 일은, 다시 말해 그 사람의 습관이나 태도를 바꾸려는 일은 나무를 심어놓고 그 나무의 수종을 바꾸려는 일만큼 무모하다. 그냥 인정하면 되는 것이다. 닭을 보고 개처럼 짖으라면 닭이 웃는다.

265

잘 생각해봐야 합니다. 당신은 아무도 사랑하고 있지 않습니다. 그 사람에 대한 편견과 기대라는 관념을 사랑하고 있을지도 모릅니다. 저 사람은 ~할 것이다, 라는.

266

우리가 아는 것은 우리가 모르는 게 너무 많다는 사실을 알 뿐이다.

267

당신이여, 몇 걸음만 떼어놓아라, 내가 그 나머지 길을 가리니. 사랑에 있어 더 많이 사랑한 사람이 약자다. 내가 왜 더 많은 고통을 당하였는지 당신은 알기는 알까?

268

김남주와 브레히트는 저승의 같은 아파트 아래 위층에 살 것이다.

269

땅 위의 일들이 지루하다. 볼 것은 하늘하고 당신 얼굴밖에 없다.

270

아무래도 나는 가짜로 세상에 온 것 같다.

페이딩. 영화나 텔레비전, 라디오 등에서 화면이나 소리가 점차 희미해져 가거나 뚜렷해지는 현상이다. 어떤 파장의 불안함이 오히려 아름다움을 몰고 온다. 가을의 나무들도 곧 페이딩 될 것이다. 사라져 가고 소멸해 가는 것이 마지막 순간에 안간힘을 다해 내뿜는 정념 같은 것. 그것은 노을과 닮아있다. 조금 뒤에는 사라질 빛이므로 우리의 시선을 잡아끈다. 또 하나의 페이딩은 물 빠진 청바지다. 특정 부위만 더 물이 빠진 청바지는 그곳으로 시선을 유도하며 관능을 자극한다. 울긋불긋한 단풍의 본질도 어찌 보면 사실은 물 빠진 청바지이며 세계에 육화되기를 꿈꾸는, 식물들의 '페이드 아웃'이다. 마치 엉덩이와 허벅지에만 물을 뺀 청바지를 입은 여자들이 남자들의 시선에 녹아들기를 바라는 것처럼. 벌써 단풍이 보고 싶다. 나는 저 우주 속으로 '페이드 아웃'되고 싶다.

272

쓸모 있는 사람이 되고자 하는 사람은 너무 많으니 나의 꿈은 당신의 손에 놓인 쓸모없는 장난감이 되는 것입니다. 나는 당신이 사랑하는 사람에게 상처받을 때마다 이 구석 저 구석 굴러다니며 당신의 발길에 채는 낡은 헝겊 인형이고 싶습니다.

273

믿거나 말거나. 내가 아는 어느 시인의 시를 불태우자 시에서 영롱한 구슬이 쏟아졌다. 그런데 종이에게 나무들에게 미안한 시들이 너무 많다. 쓰레기를 좋은 쟁반에 담아 와서 먹으라는 건 너무 이상하다.

Nice to
CU

274

'동그라미 그리려다 무심코 그린 얼굴' 그 얼굴이 시의 얼굴이다. 동그라미를 그리려 했는데 얼굴이 되었다. 어디로 번질지 어디로 튈지 모르는 말들. 머리를 비우고 어깨에 힘을 빼야 한다. '무심코'에 시에 산다.

275

설명하지 않는 시를 쓴다면 당신 시는 좋은 시다. 시는 친親을 절切하는 것이다.

276

처서의 밤바람이 갓 따른 칠성사이다 스타일로 불어온다. 쏴하다. 밤이 좀 쉽다.

나는 내 죄업의
가여운 _ 상속자

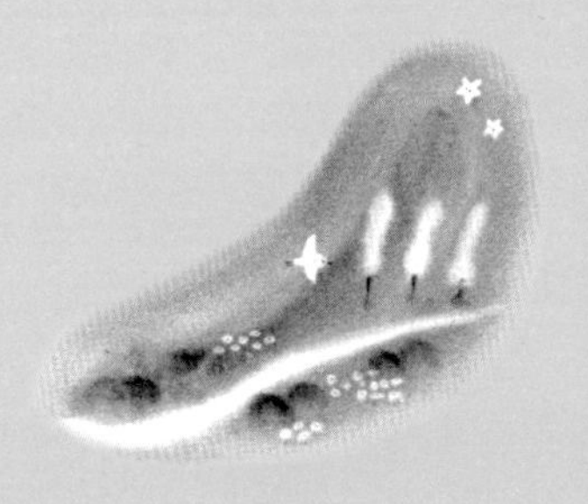

◆◆◆◆

277

삼베옷을 입은 상주 같은 여름꽃을 만났다. 많이 울어서 지난번보다 더 창백했다.

278

소금이라 불리는 내 생은 밥 백만 그릇과 국수 이백삼십만 그릇과도 바꿀 수 없다. 짜다, 짜.

279

나는 시인 따라 안 다니고 시 따라다닌다.

280

파란만장, 잔물결과 큰 물결이 만 번은 오가야 겨우 어른 하나를 만든다.

281

나는 내 죄업의 가여운 상속자다.

282

오골계를 먹은 적이 있었는데 뼈까지 검었다. 내 뼈도 뼛속까지 검어지고 눈물도 한밤중처럼 검어지길 바랐다.

283

사랑에 대해 생각하면, 생각이지 사랑이 아니다.

284

무리 지어 꽃들은 피어 있다. 자신들의 죽음에 대해 모의하고 있는 중이다.

285

먼 산은 파랗고 우체통은 빨갛다.

286

미친바람 앞에서는 눈을 감고 바짝 엎드려야 한다. 나는 아주 더럽고 치사하게 살아남아야 한다. 돌볼 것들이 있기 때문이다.

287

어떤 책은 가볍고 어떤 책은 왜 무거운가. 어떤 비는 가볍고 어떤 비는 왜 무거운가. 진 켈리의 'Singing In The Rain'은 왜 가볍고 변진섭의 '비와 당신'은 왜 무거운가. 어떤 비는 소리가 먼저 온다. 환상이 없었다면 사랑은 없다. 사랑이 없었다면 환상도 없다.

288

자고 일어나니 꽃이 피었다. 원인이 결과를 짓는다. 생은 상영시간이 확정된 영화관과 같다. 단골들에겐 공짜 영화를 몇 편 더 보여주기도 하겠지만, 태어났으므로 죽는 것이다. 영화가 시작되면 반드시 엔딩이 있듯이.

289

나의 시는 야하거나 비참하거나 둘 중에 하나이고 싶다. 야하고 비참한 곳으로 자진해서 들어가 그곳에서 피 흘리며 죽어야만 한다. 야한 곳에서 생의 의욕을 건설하고 비참한 곳에서 생을 위로받아야 한다.

290

시는 언어를 비틀어서 조합하는 자리에서 탄생한다. 언어를 비튼다는 것은 인식을 비트는 일이다. 인식을 비틀지 않고서 새로운 삶은 얻어지지 않는다. 시에 이르는 길은 새로운 삶에 이르는 길이다.

291

"머뭇거림은 긍정적 태도는 아니지만, 행동이 노동의 수준으로 내려가는 것을 막는 데 필요불가결한 요소이다. 우리는 중단, 막간, 막간의 시간이 아주 적은 시대를 살고 있다." (한병철, 『피로사회』 부분)

무간지옥은 사이가, 쉼이, 막간이 없는 지옥이다. 고통이 컨베이어 벨트처럼 밀려오는 곳이다. 내가 나의 지배자가 되고 내가 나를 끝없이 착취하는 곳. 내가 나를 끝없이 소진시켜 당도하는 땅은 우울증과 신경증의 땅이다. 쉬며, 머뭇거리며, 더듬거리며 가야겠다.

292

하늘이여, 더 큰 눈을 펄펄 내려주소서. 그때 천지간은 거대한 하나의 압력밥솥이 될 것입니다. 제 영혼을 밥솥에 안치지 못했나이다. 말라빠진 제 마음에도 기적 같은 영혼의 증기가 일어나겠나이까. 저도 오늘은 질척이는 물기이오니 모처럼 더운밥으로 당신이 거두어 주소서.

293

사물은 발기한다. 시인은 그것을 세차게 빠는 사람이다.

294

텔레비전에서 보았다. 엄마 품을 막 벗어난 작은 새끼 쥐 한 마리가 처음으로 세상의 밖으로 나와서 살모사를 만난다. 길고 구불텅한 뱀의 몸을 처음으로 본 새끼 쥐는 그것이 신기하여 오히려 살모사의 몸을 물었다. 잠시 후, 새끼 쥐는 살모사의 입으로 삼켜진다. 나의 글쓰기도 새끼 쥐가 세계를 인식하는 딱 그만큼의 수준이기를. 세계의 입으로 삼켜지는 파닥이는 짧은 몸부림이기를.

295

방디라는 사람은 보들레르의 『악의 꽃』 어휘 분포조사를 했다. 그 시집에서 많이 사용된 어휘들은 다음과 같다. 마음 129. 영혼 68. 하늘 59. 사랑 53. 사랑하다 49. 몸 46. 바닥 36. 향기 35. 아름다움 34. 아름다운 33. 고통 33. 죽음 33. 영원한 29. 입맞춤 28. 관능 26. 시인 26. 어두운 26. 쾌락 25. 울음 23. 지옥 23. 이 어휘들 다 뭉쳐서 시 한 편 쓰고 싶다.

296

맛이 기억의 꺾어진 무릎을 일으켜 세우는 목발이라면, 냄새는 기억을 때려서 일으켜 세우는 채찍이다.

297

만나기 싫은 어떤 이를 만나고 들어온 저녁, "행동은 삶이 아니라, 어떤 힘을 허비하는 방식, 신경질"이라는 랭보의 말을 따라 읽는다.

298

오늘 아침 당신한테 장미꽃을 꺾어드리려 했어요. 그렇지만 묶은 내 허리띠에 너무 많이 꽂는 바람에 꽉 죄인 매듭이 버티지를 못했어요. 매듭은 터지고, 장미들은 바람에 실려 모두 바다로 가버렸어요.

마르슬린 데보르드-발모르, 「사디의 장미」 부분

너무 사랑하지 말자.

299

"고통을 과장할 능력이 없다면 우리는 고통을 견디지 못한다"라고 에밀 시오랑이 『독설의 팡세』에서 말했다. 위안이 된다.

300

모든 파도는 바다 안에 있고 모든 구름은 하늘 아래에 있고 모든 주름은 세탁소 안에 있고 모든 근심은 생각 안에 있다. 생각이 있는 동안 근심은 떠나지 않는다.

301

감탄사를 자주 입에 올리는 건 표현력이 부족해서다.

302

비가 퍼붓고 바람 불더니 이제 잠잠해졌다. 사는 일도 마찬가지다. 비 많이 올 때 새들은 어디에 있다가 다시 나와서 편종처럼 저렇게 맑은 소리를 내고 있을까.

303

이 하늘 이 구름은 오늘뿐이리.

304

지금 나에게 절실한 것은 제 꼬리의 털을 핥는 고양이와 개들의 부드러운 시간이다.

305

"보이는 것은 보이지 않는 것의 그림자" 정현종 시인의 시에 나오는 말이다. 시인은 그 너머를 보는 사람이다. 말하는 것은 말하지 않는 것의 그림자에 불과하다. 우리가 모르는 암흑에너지와 암흑물질이 우주 물질의 95%를 구성하고 있다고 하니, 보이는 것은 보이지 않는 것의 허깨비에 불과한 것이 맞다.

306

하늘이 알고 땅이 알기 전에 양심이 먼저 안다. 무언가 찜찜하다는 것은 양심이 욕심에게 그렇게 하지 말라고 보내는 신호다. 동질의 것만이 동질의 것을 안다.

307

손님을 환대하는 경청자는 자신을 위해 타인을 위한 공명 공간을 만들어낸다. 이 공간은 자신을 해방시켜 자신에게로 오게 한다.

사랑은 언제나 다름을 전제로 한다. 타자의 다름뿐만 아니라 나 자신의 다름도 사랑의 전제다. 사람의 이원성은 자신에 대한 사랑에 필수적이다. "다른 한 사람이 우리와 다른, 우리와 대립되는 방식으로 살고 활동하고 느낀다는 것을 이해하고 그것에 대해 기뻐하는 것 말고 무엇이 사랑이겠는가? 대립하는 것들을 기쁨으로 연결하려면 사랑은 이 대립하는 것들을 제거해서도, 부정해서도 안 된다. 심지어 자기애도 한 사람 속에 있는, 서로 뒤섞을 수 없는 이원성(혹은 다원성)을 전제로 한다."

소란스런 피로사회는 듣지 못한다. 어쩌면 미래의 사회는 경청하고 귀 기울이는 자들의 사회라고 불릴지도 모르겠다. 지금 필요한 것은 전혀 다른 시간이 시작되게 하는 시간 혁명이다.

(한병철, 「타자의 추방」 부분)

문장 안의 인용문은 프리드리히 니체의 말이다. 타자가 죽은 세상은 나르시시즘의 셀카와 좋아요만 살아남아서, 결국엔 자기 긍정의 고인 물 안에서 익사할 것이다.

308

"굉장한 적을 만났다. 아내다. 너 같은 적은 생전 처음이다." (조지 고든 바이런)

다행이다. 나는 그 굉장한 적과 오래전 헤어졌다.

309

배가 침몰하는데 헬기가 왔어요. 헬기가 구조 밧줄을 내리자 11명의 승객 전원이 밧줄에 매달렸어요. 남자 10명에 여자 1명이었어요. 그런데 하늘을 한참 나는데, 갑자기 기장이 “이 밧줄은 10명밖에 매달리지 못합니다. 죄송하지만 1명은 양보를 해 주셔야 나머지 10명이 살 수 있습니다. 부디 1명이 양보해주시기 바랍니다.” 이 말을 듣고 여자 승객 1명이 “저는 이제 살 만큼 살았고 그동안 행복했습니다. 제가 이 줄을 놓겠습니다.” 그런데 이상한 일이 일어났습니다. 이 여자분만 남고 남자 10명이 다 떨어졌습니다. (여자분의 말씀에 감동을 받아 손뼉을 치다가 그만)

310

골목에서 아이들 옹기종기 땅따먹기 하고 있다
배고픈 것도 잊고 해 지는 줄도 모르고
영수야, 부르는 소리에 한 아이 흙 묻은 손 털며 일어난다
애써 따놓은 많은 땅 아쉬워 뒤돌아보며 아이는 돌아가고
남은 아이들 다시 둘러앉아 왁자지껄 논다
땅거미의 푸른 손바닥이 골목을 온통 덮을 즈음 아이들은 하나둘
부르는 소리 따라 돌아가고 남은 아이들은 여전히 머리 맞대고 놀고

부르시면, 어느 날 나도 가야 하리
아쉬워 뒤돌아보리

권지숙(1949~) 시인의 「그가 부르시면」이라는 좋은 시다. 묘사가 대부분인데도 울림이 에밀레종처럼 크다.

311

물이라는 침묵 위에는 파랑波浪이라는 말. 하늘이라는 침묵 위에는 구름이라는 말. 허공이라는 침묵 위에는 바람이라는 말.

312

지금이 영원이다. 내일도 없고 구원도 없다. 당신은 오지 않을 것이다.

313

우리는 병 자체를 앓는 것이 아니라 병에 대한 생각과 해석을 앓는 것일지도 모른다. 생각 때문에 상상임신도 가능하고 생각 때문에 천국과 지옥도 오르내리는 것이다. 생각은 안방의 조명과 같아서 사물의 본질을 바꿀 수는 없지만 사물의 색깔은 바꿀 수 있다. 몸이 아파서 병을 앓는 경우도 있지만, 마음이 아파서 병이 오는 경우도 많다. 상사병을 앓다가 죽은 사람은 생각과 해석을 앓다가 죽음에 이른 사람이다. 베이커리의 조명은 주황, 육소간과 러브모텔의 조명은 빨강의 계통이다. 조명이 행동을 끌고 다니듯이 생각과 해석이 몸을 끌고 다닌다.

314

거친 시멘트 같은 나무껍질을 뚫고 싹이 나는 일은 언제나 기적이다. 나는 싹수 있는 시인이다. 당신은 미인이다. 자꾸 주문을 외우자. 하루의 모든 일이 진진삼매津津三昧다.

315

꽃의 내부는 늘 지저분하다. 질투의 암술과 집착의 수술이 늘 발기해 있다. 그것들이 흘린 눈물과 타액이 꽃 속에 흥건하다.

316

명주옷을 보라색으로 염색할 때, 검정콩을 삶아 물들인다고 해요. 검정 콩물이 명주에 스며들어 보라색이 되는 것이지요. 제가 당신에게, 당신이 저에게 스민다는 건, 그런 것이죠. 한지에 먹이 번지듯, 노을이 하늘에 번지듯, 고통과 슬픔은 나누어 먹는 것이에요. 기쁨은 당신 혼자 드시고 슬픔과 고통은 저에게 주세요. 제가 보랏빛 울음을 대신 울어드릴게요. 저는 당신이 울고 가시기 가장 편한 바닥이에요.

317

바라는 게 없는 사람은 무서울 것이 없는 사람이다. 유위법이 무위법 앞에서 한낱 티끌인 이유다.

318

피가 없는 사물과 사물 사이에도 온기가 있다. 보일러도 돌아가지 않는 방, 아이들 밥 차려주고 다시 돌아와 베개 밑을 만지니 따뜻하다.

STEP COFFEE

김수상 poem essay

새벽하늘에서 박하 냄새가 났다

절뚝거리는 _ 봄

사랑하는 _ 사람이여

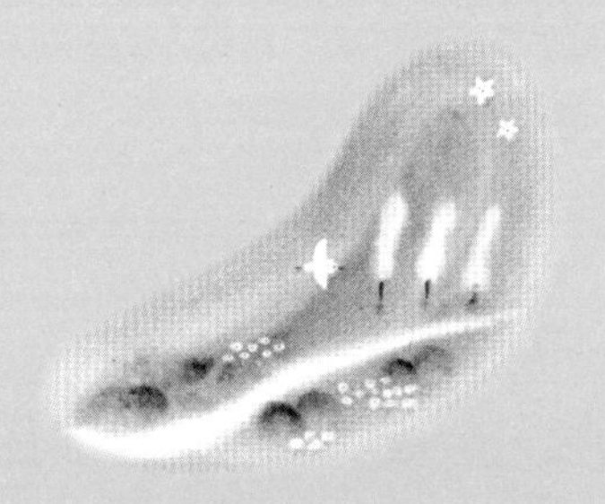

◆◆◆◆

319

내 인생을 요약하는 12글자.
"안 되는 줄 알면서 왜 그랬을까."

320

당신은 어려운 쪽에 살지요. 참, 어려운 곳. 어려워야 사랑이지요,

321

악이 악인 줄을 모르고 행하는 것보다, 악이 악인 줄을 알고 행하는 것이 더 나쁘다. 무지는 용서받을 수 있지만 사악한 자는 하늘이 언젠가는 그들을 반드시 죽일 것이다. 진실로 선한 사람은 자기가 무슨 짓을 하는지도 모르는데, 선함의 열매를 포도송이처럼 몸에 가득 달고 사는 사람이다.

322

하느님, 나는 아무 생각 없이 사는 것이 소원이에요.

323

"아빠, 사람 마음을 파동 함수라고 생각하고 그 사람 마음이 자기한테 있을 확률을 구해봤어. 구간이 자기 자신으로 한정될 경우, 결국 그 확률은 0이 되거든. 어떤 사람의 마음을 자기 안에 한정지어서 찾으려고 하면 안 되는 거 같아. 이 생각을 어제 새벽에 했지. 그 사람 마음이 아주 희박한 확률로 나에게 잠깐 머물 순 있지만, 그건 일어나기 아주 어려운 일이야. 그런 순간이 오면 감사하는 마음으로 지내면 될 거 같아."

(물리학을 하는 딸에게서 온 문자)

324

지난밤 나비는 젖은 날개로 어디에서 잤을까.

325

낡고 허름한 자리가 나는 그렇게나 좋다. 내 시도 거기서 태어나고 거기서 죽었으면 좋겠다.

326

절뚝거리는 봄. 사랑하는 사람이여. 나는 이승에서 저승을 살고 저기에서 여기를 봅니다.

327

오래된 것을 자주 닦으면 반질반질하다. 경비아저씨의 인기척이 있고 낡은 계단의 금빛 쫄대는 반짝인다. 내가 이 낡아빠진 아파트를 못 떠나는 이유다. 오래된 친구와 연인도 마찬가지다.

328

몸이 같이 있으면
마음이 딴 데 가 있고
마음은 같이 있으나
몸은 딴 데 가 있네
살아있는 동안에 몸과 마음
함께 있는 날 몇 날 이려는가
고통과 번뇌 끊일 날 없네

329

하늘은 자기가 하늘이라고 말한 적 없고 땅은 자기가 땅이라고 말한 적 없네.

330

봄 햇살은 천지간에 가득한데
들리느니 새소리와 물소리뿐
손등이 튼 아이는 어디로 갔나
작은 새 한 마리
산수유 꽃그늘을 끌어다 덮네

331

저물녘의 못물이 물로 짠 니트 같습니다. 당신이 보고 싶습니다.

332

이번 생에 어쨌든 공부의 끝을 봐야 한다. 아니면 뽀로로 보고 유치원 가고, 학교 가서 차별받고, 수능 보고 군대 가고, 결혼하고 이혼하고 취직해서, 보기 싫은 놈 보며 굽신거리고, 애들 밥하고, 부모 봉양하고, 밤에 홀로 잠 못 드는 이 짓을 또 해야 한다. 생각하니 끔찍해서 소름이 돋는다. 여기서 끝장내고 적멸에 드는 수밖에 없다. 지금 행복한 사람은 前生에도 행복했고, 지금 불행한 사람은 來生에도 불행할 것이다. 오, 첩첩한 인과의 유전이여.

333

어린아이에게 새의 이름을 가르쳐주는 그날부터 그 아이는 그 새를 다시는 보지 않았다고 해요. 꽃도 마찬가지예요. 꽃 이름 너무 알려고 하지 마세요. 몰라야 오래 보지요. 어느 스님은 모른다, 오직 모른다 하나로 견성했다고 하지요. 제발 공부 쫌 하지 마세요.

334

나는 누구에게 말이 없는 배경이 된 적 있었나. 선경先景은 붉고 후정後情은 푸르러라.

335

'정말, 진짜' 라는 말이 남용되는 세상은 거짓과 가짜가 난무하는 세상이란 것을 증명한다.

336

나도 모르게 잠깐 세상에 와서 소리도 없이 살다가는 것들은 얼마나 예쁘냐.

337

보들레르의 말마따나 불행이 섞여 있지 않은 아름다움이 무슨 소용 있을까. 아름다움은 불행으로 짜진 목도리. 여차하면 그 목도리에 목을 걸고 죽으면 된다.

338

암소의 젖통에서 젖을 짜내고 나면, 젖은 다시 암소에게로 돌아가지 않는다. 지나간 인연(인연)도 마찬가지다. 생은 한 꿈속에서 꾸는 한 꿈속의 또 한 꿈.

339

사과나 배는 씨앗 주변이 좀 더 단단하고 맛이 떫어서 잘 먹지 않는다. 그것 때문에 씨앗이 보호될 수 있는 것이다. 연애도 중심으로 갈수록 떫어진다. 내가 너 때문에 산다는 말은 사랑의 말이 아니고 폭력에 가깝다. 나는 나도 모르게 나를 사는 것일 뿐이다.

340

예민은 고독과 침묵의 전선 속을 흐르는 고압의 전류와 같은 것이다.

341

지인이 독일의 중세도시 로텐부르크의 사진을 보내주셨다. 사진 한 장에 마음을 다 빼앗겼다. 중세의 마을 위로 떠 있는 푸른 하늘 흰 구름. 앞치마를 두른 농노의 아내가 감자를 들고 대문으로 들어설 것 같은 로텐부르크의 골목길. 나도 거기서 팔뚝이 굵은 중세의 여자와 아이를 여럿 낳고 착한 영주의 심부름이나 하며 살다 죽었으면 좋겠다.

342

원소의 몽상
상상은 변형이다
직관의 상상력
시각 형태에 사로잡히지 않을 것
우리를 무겁게 하는 것은 시각 이미지의 과잉
세계를 한 데 섞을 것, 융화
생성과 활동의 현재성
매듭에서 매듭으로 결합할 것
의식과 생명의 뿌리를 찌고 삶음으로써
동질과 이질을 함께 놓는 동일성을 놓치지 말 것

343

방 안의 공기들이 나를 천근의 무게로 짓누르며 목을 조르는 것 같아서 밤새 베란다 문을 열고 닫고. 이 짓을 하며 나는 왜 살아야 하나. 아무래도 세상에 잘못 온 거 같다. 나는 추수가 끝난 뒤에 들판에 마구 버려진 마른 짚단 같다. 요즘은 짚단도 마시멜로처럼 잘 마무리해 주던데.

344

기다림은 기다리는 자세에 있고, 이별은 이별하는 자세에 있다. 자세는 마음이 결정한다.

345

“사람은 태어날 때 피곤하게 태어난다. 그래서 살아가는 내내 충분히 쉬어야만 한다.” 이탈리아 반도의 오른쪽에 위치한 발칸반도의 조그만 나라 몬테네그로에 전해오는 속담이다. 죽도록 일하면 정말로 죽는다.

346

하늘과 땅은 편애함이 없이 만물을 자연스럽게 자라게 한다. 허정虛靜. 유약柔弱. 부쟁不爭. 처하處下. 비어 있어 고요하고. 부드럽고. 다투지 않고. 낮은 곳에 있을 것.

347

"생각해 보면 겁먹은 채 살아온 40여 년이었다. 잃는 것이 두려워서 분투했음에도 불구하고, 나는 차례차례 잃어만 갔다. 그러나 많은 것을 잃음으로써 자기 자신으로 되돌아올 수 있었다. 지금, 내 주위에는 나밖에는 없고, 나는 나 자신한테 깔아뭉개지려 하고 있다."

(마루야마 겐지, 달에 울다 부분)

내가 좋아하는 구절이다. 예전에도 여러 번 따라 썼다.

348

마음이 무엇입니까? 묻는 그것이 마음입니다.

349

"즐거움은 고통의 보다 강렬한 형태에 지나지 않는다."

독일의 시인이자 소설가인 루트비히 티크(1773~1853)는 이렇게 썼다. 좋다, 좋구나, 이 강렬한 고통이.

350

앞이 빤히 보이는 길은 얼마나 재미없을까.

351

내 마음은 개떡이다, 하는 순간 개떡을 제외한 모든 것은 은폐된다. 은유는 쉬우면서 무섭다. 나는 나를 제외한 모든 것으로 이루어져 있다.

352

고독한 밤. 나는 유리에 꽃을 매단다.

353

옷은 대체로 몸을 가리는 수단인데 어떤 옷은 몸을 드러내기 위해 입는다. 제발 벗겨주세요, 하고 어떤 옷은 말한다. 언어는 어떤 옷과 같다. 대상의 두꺼운 외투를 벗기는데 기여한다.

354

“우리가 한 여인을 사랑하는 것은 그녀의 자질을 높이 평가해서가 아니라, 그녀에 대해 아는 것이 전혀 없기 때문이다.” (M. Raimond)

미지를 표상하는 모든 것은 우리를 매혹으로 이끈다.

355

말이 바뀌면 행동이 바뀌고 행동이 바뀌면 삶이 바뀌고 삶이 바뀌면 인생이 바뀌고 인생이 바뀌면 죽음이 바뀐다. 말에 생사生死가 달려있다. 그러나 한 줄의 시보다 중요한 것은 존재와 사물을 대하는 태도, 다시 말해 공경하는 마음이다.

356

세계에서 슬픔을 끌어다 쓸 때는 조심하고 또 조심해야 한다. 세계는 자기가 슬프다고 얘기한 적 없기 때문이다.

357

어느 시인은 눈에 넣어도 아프지 않은 것들 때문에 산다고 하지만, 나는 봄이 되면 눈에 넣은 모든 것들이 아프다. 잠시 지나가는 꽃들의 행렬, 연초록의 순한 새잎들, 구석에 웅크린 사람들, 사랑의 신용불량자들, 믿음의 연체자들, 찬물에 밥을 마는 사람들, 봄볕에 허물어진 흙덩이, 교미하다 둘이 엉겨 붙어 죽은 이름 모를 벌레. 우리 오매가 치매 병실에 흘린 밥알들. 새봄은 금방 지나가고 또 다른 강한 것이 오기 때문에. 나는 봄이 아프다. 봄은 연해서 봄이다.

358

심심하지 않다. 혼자서 마이크로소프트 AI, 빙Bing과 잘 놀고 있다. 대화의 스타일도 선택할 수 있다. 빙은 2023년 2월에 인공지능 챗봇 기능인 빙 AIBing Chat를 추가했다. 빙 AI는 오픈 AI의 GPT-4 언어 모델을 기반으로 하여 채팅뿐만 아니라 시, 노래, 이야기, 보고서 등 다양한 콘텐츠를 작성한다. 또한 웹사이트에 대한 정보와 통찰력을 제공하고, 이미지 생성기를 통해 텍스트로 로고, 그림, 예술 작품 등의 이미지를 디자인할 수 있는 인공지능이다. 농담 삼아서 빙에게 '담장에 얼굴을 내민 오월의 장미'에 대한 시를 부탁했는데 10초도 안 되어 시 한 편을 뚝딱 써낸다. 시가 마음에 들지 않을 경우에는 수정을 요청하면 더 잘 써준다. 이른바 대화형 인공지능이기 때문이다. 빙이 쓴 시를 약간 수정해서 행을 구분하고 연을 나누면 그럴듯한 시가 나올 것 같다.

밤새워 고뇌하던 시인의 운명은 오픈 AI 시대에 어떻게 될까요? 빙에게 물어봤더니 이런 대답을 한다.

"그것은 아마도 시인의 선택에 달려있을 것입니다. 오픈 AI는 시인의 창작을 도와주거나, 영감을 주거나, 비평을 해줄 수 있습니다. 하지만 오픈 AI는 시인의 감정과 정신을 대신할 수는 없습니다. 시인은 여전히 자신의 목소리와 비전을 표현해야 합니다. 오픈 AI는 시인의 도구일 뿐이고, 시인은 여전히 시인입니다."

아, 말문이 막힌다. 시인에게 겸손의 예의까지 갖추는 AI라니. 더 진화하면 무서울 만큼 똑똑해질 것이다.

359

시에서 재현representation은 별 의미가 없다. 재현하는 것은 시가 아니다. 재현으로 치자면 사진이나 세밀화를 시가 어떻게 따라잡겠나. 중요한 것은 대상 속에 들어있는 시간과 공간을 복원하고 확장하는 것이다. 혹은 어떤 공간 속에 들어있는 시간과 대상을 불러내는 것이다. 시간과 공간과 대상은 삼위일체로 시 속에서 별처럼 빛나야 한다. 나는 밥 먹는 기계에서 시 쓰는 기계가 되어야 한다. 나는 이 지긋지긋한 세속에서 빠져나와 다른 공간과 시간으로 가고 싶다. 시가 그곳으로 데려가 줄 것이다.

360

사회는 '발전'하고 예술은 '발견'한다. 우리가 이룩한 문명은 사실 자연을 착취하면서 건설해 온 것이지만, 4차 산업혁명에 이르면 무언가 차원이 달라진다. 인공 지능AI, 사물 인터넷IoT, 클라우드 컴퓨팅, 빅데이터, 모바일 등 지능정보기술을 기존 산업과 서비스에 융합시킨다. 또한 3D 프린팅, 로봇공학, 생명공학, 나노기술 등 여러 분야의 신기술과 결합되어 실세계의 모든 제품과 서비스를 네트워크로 연결하고 사물을 지능화한다. 이런 특징 때문에 4차 산업혁명은 기존의 산업혁명에 비해 더 넓은 범위scope에 더 빠른 속도velocity로 크게 영향impact을 끼친다. 그럼에도 불구하고 4차 산업혁명의 시대에 예술가의 임무는 역시 '발견'이다. 지능화된 사물들이 행사하는 폭력과 소외를 발견해서, 형상화하는 일이 예술가의 주된 역할이 될 것이다. 발견은 그 자체가 증언하는 일이며 고발하는 일이기도 하다.

361

인생은 참 알 수 없다. 동네 솔숲에서 파도 소리를 들었다. 4월은 가고 5월이 왔는데 가만히 들여다보면 오고 가지 않는 것이 있다. 그 바탕 위에 바람도 불고 새도 울고 나뭇잎도 반짝인다.

362

아빠, 하고 조잘대며 갈래머리 딸아이가 아까시 향 가득한 운동장을 가로질러 달린다. 젊은 아빠도 함께 달린다. 나에게도 저런 시절이 있었던가. 아이들은 자라나서 저만치 가는데, 나는 언제 철이 드나.

5
KORAIL
KORAIL

363

너그럽다를 너 그립다로 오독한 아침. 그래도 그리운 것은 그리운 것이니 헛기침 한 번 하고 말았다. 나는 참는 게 많아서 눈물 대신 기침을 할 때가 많다.

364

마음이 지옥일 때는 무조건 걸어야 한다. 자연은 침묵하고 인간은 걷는다. 걷기만 해도 자연이 마음을 치유해 주는 신비를 만끽하는 중이다. 자연은 침묵할 뿐, 사실은 얼마나 바쁘겠는가.

365

정말 깨끗한 사람은 보이지 않아서 마땅히 더러워야 할 곳을 깨끗하게 하는 사람이다. 더러운 사람은 보이는 곳도 더럽게 안 보이는 곳은 더 더럽게 한다. 신기독愼其獨. 아, 저 길은 누가 쓸어주는 사람이 없어도 홀로 깨끗하다. 신기독의 저 길을 어제는 혼자 걸었다.

어머니 가시던 날

1

이천십칠 년 음력 칠월 여드렛날 어머니를 의성군 비안면 용남리 선산에 모셨다. 심었다.라고 쓰고 싶었지만 내가 좋아하는 문인수 시인께서 「하관」이란 시에서 이미 쓰셨기 때문에 지극히 평범한 동사인 '모셨다'를 겨우 쓴다. 치매를 앓던 어머니는 성주의 요양병원에서 4년 동안 바깥 구경 한 번 못하고 기저귀를 차고 엉덩이로 바닥을 밀고 다녔다. 폭식과 폭언을 하시다가 나중에는 기력이 없어 말씀도 하지 못했다. 돌아가시기 전날 밤에 어머니의 주치의이신 노태맹 시인의 기별을 받고 중환자실에 갔는데, 산소 줄을 갓난아기처럼 자꾸 손으로 벗기려 하실 뿐 한마디 말도 잇지 못했다. 어머니 눈에는 눈물이 그렁그렁했다. 어머니는 내 손을 놓지 않았다. 병실 천장에다 헛손질만 하는 어머니를 혼자 두고 집에 와서 잠을 잘 잤다. 다음날 아침밥을 어머니 생각도 않고 잘도 먹었는데, 어머니가 위중하다고 또 기별이 왔다. 무언가 철렁, 밑이 다 빠지는 듯했다. 어머니 수의와 영정을 챙기느라 시간을 지체했다. 결국 마지막까지 헛짓을 하느라고 어머니 마지막 가시는 길을 보지 못했다. 어머니는 마지막 가시는 길이 얼마나 외로웠을까. 이걸 새끼라고 뱃속에 열 달 동안이나 품고, 혹여 새끼가 잘 못 될까 백내장 약도 드시지 않았다. 한 눈과 나를 바꾼 셈이다. 그렇게 어머니

나이 마흔에 나를 낳고 평생을 한 눈 없이 살다 가셨다. 마지막 모습은 잠이 든 것처럼 평온했다. 어머니 벌어진 입을 닫아드리고 이마에 손을 얹었다. 이마가 얼음처럼 차가웠다. 죽음은 따뜻함의 소멸이다. 어머니는 나에게 따뜻한 마음을 다 전해주고 차가운 얼음처럼 식어갔다. 생전에 더운밥 한 끼 차려 드리지 못하고 속만 시커멓게 다 태운 나를 이제 더 안 보실 테니 차라리 잘 되었다. 제삿날은 임종하시기 전날의 생시이니 음력 칠월 칠석이다. 잊어버릴 일이 없겠다. 날이 얼마나 좋던지 울기도 좋았다. 어머니 간다. 여름이 물러난 창천蒼天을 훨훨 나비처럼 날아서 피안의 꽃밭으로 간다.

2

금강경을 꺼내서 필사를 하기 시작했다. 생쌀을 꺼내 씹으며 썼다. 오래 머금으며 소처럼 우물거렸다. 쌀알이 달았다.

凡所有相 (범소유상)
皆是虛妄 (개시허망)
若見諸相非相 (약견제상비상)
卽見如來 (즉견여래)

“무릇 있는 바 상이 다 허망하니 만약에 모든 상을 보아서 상이 아닌 것을 알면 곧 여래를 보리라."

일체유위법 (一體有爲法)
여몽환포영 (如夢幻泡影)
여로역여전 (如露亦如電)
응작여시관 (應作如是觀)

"모든 유위법은 꿈이고 환상이고 물거품이고 그림자이다. 또한 이슬과 같고 번갯불과 같으니 마땅히 이와 같이 볼지라."

얼마 전 이성복 선생님이 소개해 주신 지휴 스님의 법문을 듣고 또 들었다. "이 몸과 마음은 내가 아니다." 이 몸과 마음도 내 것이 아닌데 내가 세상에서 희구希求해야 할 것은 무엇이란 말인가. 여래는 물질과 소리가 아닌데 세상은 물질과 소리로 가득하다. 그러니 이 한심한 세상에서 깨달을 것은 아무것도 없다는 것을 깨닫는 것이 바로 깨닫는 것이다. 그런 법문이었던 것 같다. 스님의 법문을 오래 듣는 것도 생각에 매이는 것이니 듣고 바로 잊어버려야 했다. 공의 세계에는 이렇다 할 실체도 감정도 생각도 욕망도 의식도 없고 감각의 주체도 없다. 빛깔이나 소리나 냄새나 맛이나 촉각의 관념도 없으며 그러한 것들의 모든 상대 또한 없다. 무안이비설신의眼耳鼻舌身意 무색성향미촉법無色聲香味觸法을 읽고 또 읽고 쓰고 또 썼다.

3

수세미를 얻어왔다. 수세미차가 기관지나 천식에 좋다고 해서 잘 썰어서 햇빛에 말렸다. 내 시의 본류本流는 슬픔이다. 그 슬픔엔 바닥이 없는데 나는 슬픔의 바닥까지 내려가서 슬픔의 끝장을 보고 싶다. 축축한 슬픔, 슬픔이 축축하라는 법이 어디 있는가. 슬픔의 물기를 바싹 말리고 싶다. 씨앗을 발라내고 가을 햇볕에 수세미를 잘 말렸다. 즙이 빠진 수세미는 정말 수세미가 되었다. 시는 쓸수록 모르겠다. 그냥 하는 말이 아니고 정말 모르겠다. 첫 줄을 쓰고 나면 시가 어디로 내 머리채를 끌고 갈지 모른다. 시가 나를 주로 끌고 가서 처박는 곳은 어둡고 쓸쓸한 곳, 세상의 바닥, 깊이를 알 수 없는 슬픔의 우물 같은 곳이다. 이제 시가 두렵고 지긋지긋하다. 내가 시를 몰고 가는 것이 아니라 시가 깡패처럼 나를 끌고 다니기 때문이다. 지긋지긋한 시 대신, 맑은 햇빛 아래 드러난 사랑을 만나고 싶다. 맑아서 지극한 사랑, 사랑하는 사람의 몸을 만지고, 맑은 아이 하나를 낳고 싶다. 파란 하늘 위로 번지는 아이의 밝은 웃음. 내가 생각하는 시. 생각만 해도 환하다. 내가 말린 가을날의 수세미 같은 시를 쓰고 싶다. 언어의 질긴 섬유질만 남아서 세상의 더러움을 깨끗하게 닦아줄 수 있는 시, 내가 나를 더 이상 욕보이지 않아도 되는 시, 그런 시를 만나고 싶다. 그러나 다시 생각해 보니 불가능이다. 시도 삶도 불가능이다. 그렇다면 왜 쓰는가. 시는 불가능한 삶을 윤리적으로 지탱하게 해주는 위기지학爲己之學의 공부이기 때문이다.

세상의 사물을 끌어와서 화엄華嚴하려는 오만을 버려야 한다. 좋은 시는 세상의 존재들이 불러주는 말을 잘 받아쓰는 것이다. 받아쓰기의 시. 그것이면 족하다. 우리가 사는 동안 알 수 있는 것은 거의 없다. 나는 나도 모르게 나를 사는 것이다.

시는 시도 모르게 시를 사는 것이다. 좋은 받아쓰기 몇 편 남기고 나는 삼천대천세계의 티끌로 사라지고 싶다. 푸른빛이 우거졌다. 창천蒼天이다. 사라지기 좋은 하늘이다.